Natsu Hyuuga
日向夏
illustration
大地 幹
由紀子《ゆきこ》は近くに落ちていた
錆《さ》びた鉄パイプを手にする。
不死王の息子
1

『地獄の番犬ケルベロス』と人は呼ぶ。
「ポチ、いい子で留守番するんだよ」
『わんっ』
三つの首は、きりりとした顔で答えた。
「山《やま》田《だ》くんち、
犬飼ってたんだ?」

『さすがは人外《じんがい》ね。若くてうらやましいわ』
『でも、生き血をすするんでしょ？恐ろしくない？』
『そういえば、旦那さんのほう、一昨日、ダンプに轢《ひ》かれてたって』
『私は、工事現場から鉄骨が落ちて直撃って聞いたんだけど』
教室後方に並ぶ二十数名の保護者集団、
その中心に立つのは、人間離れした美貌を持つ
不死の王と、その妻たる愛らしい女性であった。

オリガは目を見開く。
「えっ？　なんのことかしら？」

恭《きょう》太《た》郎《ろう》は真剣な顔を姉に向けた。
「なあ、不《ふ》死《じ》男《お》のことなんだけど……」
「そ、そうだぞ。何を言っている？」
アヒムもうろたえる。
北海道むつ葉バター
業務用
北海道むつ葉バター
EXTRA VIRGIN
OLIVE OIL

ガシャンという大きな音とともに、テナントのショーウインドウを
叩《たた》き割って入ってきたのは、由紀子と同年代の少年。
山田不死男だった。
教室で見るほわわんとした顔とは少し違って見えた。
琥珀《こはく》色の目は光の加減か、赤みがかった金色に輝いている。
（早く逃げてよ……）

INTRODUCTION

人《じん》外《がい》×不死身少女×死亡フラグ

食材扱いされる不死王《ふしおう》こと山田《やまだ》父。
天然すぎて浮世離れした山田母。
ぶっ飛んだ両親と弟のために日夜周囲の人々に
土下座をしまくる山田姉兄。
歩くだけでひたすら死と隣り合わせになる山田不死男《ふじお》。
どこをどう突っ込めばいいかわからない不死者たち。
——人外の中でも孤高とされる不死王の一族。
彼らと接することで、小学六年生の日高由紀子《ひだかゆきこ》の
常識人としての感性は、次第に侵食されていく。
食らえば不死身になれるという不死者の血肉を狙う
食人鬼たちが、由紀子に近づいてくる。
明るく元気に死にまくる不死男との不条理かつスプラッタな日々。
そして、無駄に明るい不死男にはとある秘密があるようで——。
真面目な普通の女の子に再び平穏な日常は戻ってくるのだろうか？

これは不死身になった女の子と不死王の息子が
様々な死亡フラグにぶちあたるお話である。

不死王の息子　1

日向夏

ヒーロー文庫

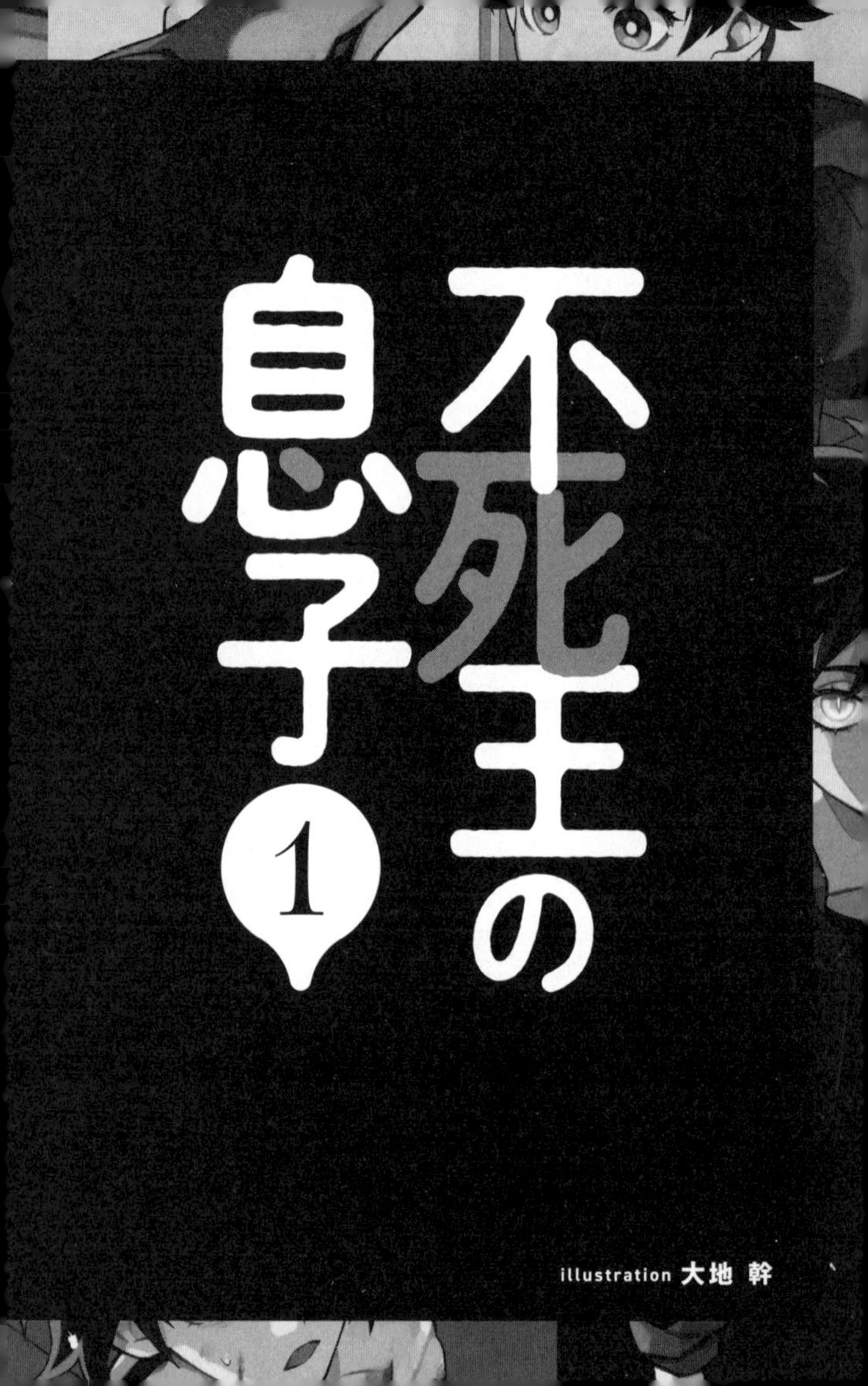

不死王の息子 1

illustration 大地 幹

CONTENTS

人物紹介

日高由紀子《ひだかゆきこ》……十二歳。小学六年生。中学受験を控えた真面目な女の子。内申書の点数のために、厄介ごとを押し付けられても引き受けがち。スルースキルは高いが、どちらかといえばツッコミ属性。ローティーン特有の悪意なき毒を放つときがある。

山田不死男《やまだふじお》……小学六年生。不死王の息子。死亡フラグを立てまくり、けっこう死亡している天然美少年。ナマケモノ並みの闘争心と、プラナリアを超える生命力を持つ。

山田父……不死王《ふしおう》。大変長生き。昔は怖かったらしいが、今はほんわかしている。息子の不死男以上によく死ぬ。歩くスプラッタ製造機。人間離れした美貌を持つ最上級のお肉。甘党のベジタリアン。

山田母……不死王の奥さん。見た目は美少女だが千年以上生きている。ほわほわしているが包丁さばきは右に出る者はいない。元人間。山田父の死亡原因第一位。米よりパンが好き。

山田オリガ（姉）……不死王の娘。外見年齢二十代後半。派手めの女王様気質の美女だが、迷惑な身内のせいで謝罪が板についている。バタースキー。

山田アヒム（兄）……不死王の息子。外見年齢二十代前半。製薬会社勤務。見た目はエリートサラリーマンの眼鏡美青年。謝罪検定一級。オリーブオイラー。

山田恭太郎《きょうたろう》……不死王の息子。外見年齢二十歳。フリーター美青年。あまり働かないのに、家族より彼女を優先させるため、姉兄によく折檻《せっかん》される。美しい土下座をすると定評がある。山田家では比較的常識人。

日高颯太《ひだかそうた》……由紀子の兄。中学二年生。日高家の中の小市民。テニス部に入ってもてたかったらしいが、学校の方針で頭は丸刈り。

由紀子母……大学の農学部で教鞭《きょうべん》を執っている。農業でどうやって利益を出すか研究中。単位が足りない学生を実習と称して農作業を手伝わせている。

神崎《かんざき》……由紀子のクラスメイト。典型的主人公タイプの男の子。無謀。

森本彩香《もりもとさやか》……由紀子の友達。身長は低め。ふわふわした髪の女の子。スマホを駆使する現代っ子。個人情報が流出しがち。

一姫《いちひめ》……不死王《ふしおう》の孫。パンクロリ美少女だが老女のような声。人魚の生き残りでもある。

人外《じんがい》……人型だが人間とは少し生態が異なる。知性をもつ。吸血鬼、人狼《じんろう》、人魚など。不死王一族も含まれる。

食人鬼……人外の中でも、人間を襲って食べる者たちの総称。献血の血を吸う吸血鬼などは含まれない。屍《しかばね》を食らう者は、食屍鬼《グール》と言われることもある。

イラスト／大地幹
装丁・本文デザイン／5GAS DESIGN STUDIO
校正／福島典子（東京出版サービスセンター）
DTP／伊大知桂子（主婦の友社）

始　ある一般人の日常

「ちょうど百年ほど前、日本で人外と呼ばれる人間以外の種族たちに、初めて公式に人権が与えられた」

　塾の先生が読み上げる内容を、日高由紀子《ひだかゆきこ》は静かに聞いていた。

「この参考書には書かれていないけど、第一次世界大戦が終わった二年後、と覚えるとわかりやすいよ」

「はい」

　由紀子は参考書に書き加える。歴史は関連付けて覚えると、芋づる式になってわかりやすいらしい。

「当時の政府は戦争で疲れていた。いろいろ問題があって、少数派の人外の意見を無視できるほど、体力がなかったんだ。戦後のどさくさと言ってもいい。人間側に話を持ち掛けてきた人外はやり手だったんだね」

「はい」

「人外の人権獲得は、敗戦国から始まり、それが時代の潮流となって他国にも飛び火した。日本に来たのが二年後だったわけだ」

「はい」

生返事《なまへんじ》をしつつ、由紀子は色ペンでマークする。話を聞いていないわけじゃない。ただ、今やっているところはすでに予習した部分だ。

中学受験の春期講習。払った分の授業料くらいは、しっかり勉強するつもりでいた。社会の授業は元々取るつもりはなかった。暗記科目にお金を使うのはもったいない。でも国語、算数、理科を取ったら、おまけで無料になった。意外に面白くて、役に立っている。

「現在、人口の三パーセントほどが人外《じんがい》だと統計に出ている。でも、人間と姿が変わらぬ人外は多いし、人間社会に溶け込んで人外であることを隠している者も多いんだ。それでも人外が社会に与える影響は大きい。ほとんどの人は関わりなく生きていくとしてもね」

由紀子もまた人外に関わりなく生きる側の人間だろう。せいぜい街ですれ違うくらい。勉強したところで、受験が終わったらきれいさっぱり忘れるはずだ。

それくらいの気持ちでいた。


その日の帰り道。

「あなた、死相が出ているわよ」

塾の帰り道で聞くには物騒《ぶっそう》すぎる言葉。由紀子は、横目で怪しげな占い師を見る。

「すみません、未成年なのでお金ありません」

由紀子はランドセルを見せつけるように過ぎ去る。小学生にまで声をかけるなんて、いろいろ問題じゃないかと思ってしまう。占いなんて数千円も料金を取って、さらに変な勧誘をするものだ。さっさと通り過ぎるのがいい。

「だいじょーぶ？　後悔しない？　やめておくなら今のうちよ？」

妙に親しげに話しかける声を無視しながら家路につく。

数日後、由紀子は知る。

その怪しい占い師が本物であることに――。

1　不死身の転校生

小学六年生。子どもであることに違いない年齢だが、妙に背伸びしたがる精神構造を持つ厄介なお年頃。

由紀子のクラスは五年生の時から引き続いている。クラス替えがなかったことに、由紀子はひどく憤りを感じていた。

六年一組はそのいびつなお年頃の生徒が集まった結果、崩壊学級などと言われていた。テレビドラマにあるほどひどいものじゃないが、教師の胃を傷めるのには十分なありさまだった。六年に上がるのを機に前担任は体調不良を理由に学校を辞め、去年入ってきたばかりの新人教師に担任を任せ、今に至る。

スマホいじりと談笑に夢中の児童がひしめく朝の教室に、担任はいつもどおり青白い顔で入ってきた。担任の後ろを見慣れぬ少年がついてくる。

「転校生を紹介する」

始業式の二日後。新学期になるとともに転校生が入ってくるのは別におかしくはない。

ただやってきた人物は、普通ではなかった。

黒板には、白文字で『山田不死男《やまだふじお》』と書かれている。

ごく普通の名字《みょうじ》と奇妙な名前、そこに立っているのは、異国の血を感じさせるくっきりとした鼻梁《びりょう》の持ち主だ。いわゆる美少年。ちょっぴりクセのある黒髪に、目はウイスキーを思わせる琥珀色《こはくいろ》だ。身長は由紀子より低い。

由紀子はほお杖《づえ》をつきながら、周りの様子をうかがう。騒いでいたクラスメイトは、転校生に注目する。女子はざわめき、男子は好奇の目で見ている。

（隣のクラスに入ればいいのに）

よりによって崩壊学級に転校生を入れることはない。人数の関係だろうか、学校側の配慮に欠けた態度に由紀子はため息をつく。

転校生の容貌からして、やっかみの対象になるのは目に見えている。

そんなおせっかいなことを由紀子が考えていると、担任が続けて言う。

「ちなみに、山田は『不死王《ふしおう》』の息子さんだ。不死身だからといって、むやみに襲いかからないように」

皆が唖然《あぜん》となる。

「ヒトよりかなり丈夫にできていますがよろしくお願いします」

山田はにこっと屈託のない笑みを浮かべて言った。

（なるほど）

他の学級を崩壊させないために、あらかじめ崩壊した学級に送り込む。

「理にかなってるね」

由紀子はぼそっとこぼすと、窓際の一番後ろの席に着く山田を見た。


五時間目終了のチャイムとともに、クラスメイトはランドセルに教科書を突っ込む。

「由紀ちゃん、放課後ひまー？」

由紀子の前に彩香《さやか》が来た。低学年のときから同じクラスで、由紀子とは仲がいい。荒れまくっているクラスの中では、比較的おとなしいほうだ。ただし、スマホ中毒で授業中のSNSチェックだけはやめられない。

「今日は塾。明日なら空いてるよー」

「塾かー。駅前のところのだよね？　よく続けられるねー」

彩香は感心とともに呆《あき》れた顔をしつつ、スマホをいじる。いつものことなので由紀子も気にしない。

「まーね。やらないと、志望校落ちちゃうもん」

「大変だー。まー、落ちても私と同じ中学通えばいいよー」

「落ちるとか言わないでよー」

由紀子は彩香のふわふわした髪を軽く引っ張る。

山田不死男

「ごめん、ごめんって。それより塾って遅くなるんでしょ？　大丈夫？」

「大丈夫って何が？」

「最近、行方不明事件が多発してるらしいよ」

スマホのニュースサイトを見せる彩香。交番の前の掲示板に貼り出された『この人を探しています』のポスターの写真がある。見たことがある交番だ。

「本当だ。ここら辺だ、近いね」

「でしょー。隣のクラスの子たちは、今日から集団下校するように言われてるって」

スマホの通信アプリを見せる彩香。

「いや、聞いてないし。先生、そんなこと言ったっけ？」

由紀子は首を傾《かし》げる。最近、ニュースもまともに見ていないので全然知らない。

「言っても聞かないからあきらめてんじゃない？」

「先生としては駄目だと思うけど、わからなくもない」

由紀子は周りを見て確かめる。担任が何を言おうと、みんなそれぞれ好き勝手にやりそうだ。

「彩香ちゃん、大丈夫だよ。帰りは駅前までお母さんが車で迎えに来るし」

「ならいいんだけど。じゃあ、明日放課後遊ぼ！　見てもらいたいものがあるんだ」

「うん」

スマホ中毒を除けば、彩香はおおむねいい子だ。

少しほっこりしたところで、現実に引き戻される。ガタンと大きな音がしたので視線を移動させると、転校生とクラスメイトの姿があった。クラスメイトの足はお行儀悪く、転校生の机を蹴っていた。

そのクラスメイトの名前は皆本《みなもと》。大きな体をしていて、同年代の児童を圧倒する六年一組の問題児だ。

転校生は窓際の席に座っていた。皆本の行動に純粋に疑問を持つような顔をしている。ある環境に新しいものが入ると、元々存在しているものが攻撃する。小学六年生、反抗期に片足を突っ込んでいる世代は言うまでもなかった。

「おい、山田」

皆本が転校生こと山田に詰め寄っている。皆本は絵に描いたようなガキ大将で、陰湿ないじめが増える中、ある意味希少種といえる。担任のプライベート写真をネットにあげて出会い系サイトに登録する子どもに比べたら、ずいぶんストレートだ。

しかし、彼の態度が大きいせいで他の男子も追従している面があるので、由紀子はこいつが消えれば教室は静かになると踏んでいる。

「なあ、おまえの親父、昔、人を食ってたって本当か？」

冗談交じりでも質《たち》が悪い言い方だ。人外《じんがい》差別は今の法律では禁じられている。

由紀子はランドセルに教科書を詰め込みながら考える。

(学級委員として止めるべきか)

由紀子は、体操着も詰め込んで背負う。

(どっちか手が出そうなら、先生呼ぼう)

皆本と子分の二人はにやにやと笑っていたが、それに返すように山田も笑うので、とたんに機嫌を悪くする。

「なにが面白いんだよ」

「だってすごいなあって思って」

「はあ?」

なにがだよ、と皆本が言うと、

「よく父さんが、人食いだって知ってたね。歴史の勉強したんでしょ?」

山田は、にこやかな顔で恐ろしいことを口走った。

いじめっ子三人だけでなく、周りの生徒たちもひきつっている。

もれなく由紀子も半歩下がる。

「最後に食べたのは中世の頃だって言ってたな。千年以上前のことだよ。いけにえとして差し出されて、仕方なくってさ。すじっぽいし、臭いからおいしくなかったって。若い女の人も多かったけど、やっぱり人間は雑食だし、牛肉みたいに霜降ってないし。当時の栄養状況を考えるとそんなもんだろうけど」

山田は淡々と人肉と家畜肉の違いについて語ってくれる。周りはげんなりとして、青い顔で見ているしかなかった。

「それでも、食べなきゃ悪いって食べてたらしいけど、とうとう気持ち悪くなってさ。やめてくれって直接言おうとして集落に下りたら大騒ぎで、さらにいけにえを増やされて困ったって言ってたよ。面倒くさくなって、誰も知らない土地を目指したんだ」

逃げてきた先が日本だったらしい。

(不死王というから、吸血鬼かと思ってたけど)

肉を食らうということから、厳密にはそうではないようだ。食屍鬼《グール》に近いのだろうか。

「だからなんだよ。やっぱ化け物じゃねえか!」

皆本は山田を指さして威嚇《いかく》する。

「気持ちわりいんだよ! お前も人食いなんだろ。さっさと出ていけよ」

皆本は思い切り手を振り回した。皆本の爪が山田の頬をかすめて削る。

山田の頬に一筋の傷ができた。だが、一瞬のことで、すうっと傷はふさがっていく。

「化け物!」

人と似た姿をしていても人外《じんがい》だ。不死王の息子というだけあって、かすり傷など一瞬で治る。

けれど、皆本のやったことはまずい。

（差別しちゃいけないんだけどなー）

現代社会においては、差別はいけないと初等教育から教えられている。過去に人間と敵対関係にあった種族でも、現在では仲良くというのが国の偉い人たちの意見であり法律だ。なまじ人外《じんがい》の種族が多く、人間より寿命が長い者も多いので、いろいろ軋轢《あつれき》とやらが生まれている。

（それが化け物であってもね）

その化け物の息子は、首をかしげている。

「僕は化け物じゃなくて人外だよ」

「どこが違うんだよ！　俺を食うんだろ！」

「食べる理由がないよ。父さんも、今は菜食主義だし。僕もまずいもの食べたくないし。それに、人食いがだめなら、普通のヒトでも『天保《てんぽう》の大飢饉《だいききん》』とかで……」

「あー、うるせえうるせえ！」

皆本は、山田を思い切り押した。

「!?」

皆本は、押されてもびくともしない山田に驚いた。そして、もう一度押す。

「おい、手伝え！」

子分二人も山田を押す。どうやら山田の体を揺らしたいらしいが、一人じゃどうしようもないらしい。

さすがに三人で押せば山田の体がぐらつく。

「よし……」

皆本がさらに力を入れて押す。

ぐらついた山田の体は、ずるっとこけた。こけたのはいいが窓際の棚にぶつかり、ぶつかった勢いでぐるんと後転するように、開いた窓から落ちた。

『……』

皆、思考が止まる。あまりにするんと見事に落ちたものだから、理解できなかった。校舎も、まさか故意でもない限り窓から落ちる設計にはなっていない。まさかまさかの展開に誰も反応できなかった。

「おい、学級委員、見てみろよ」

誰が言ったのだ。全然関係ないのに、みんなが由紀子を見る。

「なんで私が……」

やりたくない。でも、誰も動かないので、仕方なく由紀子が動くしかなかった。

気になるけど見たくない。そんな気持ちで恐る恐る窓の下をのぞき込んだ。教室は三階にあり、ベランダはなく、下には花壇がある。柔らかい花の上にうまく落ちていればいいのだが——。

端的に言うと、スイカが割れていた。細かい描写は端折《はしょ》らせていただく。

ギュッと胃の奥が絞られるような感覚。吐き気を我慢して視線を教室内に戻すと、皆がどうだった？　と視線で訴えかけてきた。

由紀子はどう答えればいいかわからず、とりあえず手で大きくペケ印を作る。

「ど、どーすんのよ！　皆本、あんたのせいよ！　責任取りなさい！」

「し、知らねえよ！　あいつが勝手に落ちたんだよ！」

「私、動画撮ってたよ」

しれっと怖いことを言う彩香。

「消せよ、早く消せ！」

「こういうときどうするの、救急車？　消防車？」

「ぼ、ボク関係ないから！　皆本がやれって」

人間の本性が見える。由紀子は気持ち悪さを押し殺しつつ、鞄《かばん》からスマホを取り出して教室を出ようとした。救急車を呼ぶべきか、警察を呼ぶべきか、それとも先生を呼ぶべきかと思っていたら——。

「ははは、落ちちゃった」

呑気《のんき》な声が近づいて来る。

「……や、山田くん？」

由紀子は声の主を見る。

山田の上着は泥と草の汁で汚れ、額には多少の血がにじんでいた。

（いや、なんで？　割れてたよ、割れてたから！）

山田は平気そうに自分の席に戻る。

「おい、学級委員！　全然無事じゃねえか！」

さっきまで狼狽《ろうばい》していた皆本が由紀子に突っかかる。

「いや、無事じゃないけど、無事だよ」

山田は何事もなかったかのようにランドセルに教科書を詰め込む。

「あんまり汚すと母さんに怒られるから、今度からやめてね」

「う、うるせえ」

皆本は、安心半分怒り半分で山田の胸元をつかんだ。今度は殴る気だろうか。

「もうやめてって。先生が来るよ！」

由紀子は、これ以上面倒くさいことが起きても嫌なので山田と皆本たちの間に入った。

「なんだよ、学級委員？　さっきは脅かすみてえな真似しやがって。こいつ、普通にピンピンしているじゃねえか！」

「脅かすも何も、落ちたことは事実だし、こうして怪我《けが》も……」

確かにあれは即死して当然の怪我《けが》だった。由紀子は、山田が人外《じんがい》だということを思い出す。不死者というだけあって、あれくらいの怪我では死なないのだろうか。

「ともかく、窓からクラスメイトを落とした。それは事実。私たち、先生が来て何か問われたら、正直に答えるしかないんだけど？　彩香ちゃん」

「おう！　証拠動画は、グループトークに入れておくね！」

彩香が悪役じみた顔をしているが、今は心強い。

由紀子は逆に脅すように皆本に詰め寄る。

さっきの小競《こぜ》り合《あ》いもだが、学級崩壊といっても、クラスが一丸となって先生たちに反発しているわけじゃない。あの騒ぎで、山田が教室から落ちたところを見た人がいたら、正直に話すしかないし、皆本を庇《かば》ってやるほど彼に人望はない。

「当番の人たちが掃除はじめられないから、早く帰ったら？　それとも、先生にさっきのこと話してもいいの？」

由紀子は彩香から送られてきた動画を見せる。

皆本は由紀子をねめつけると、鼻息を荒くして教室を去った。

由紀子は息を大きく吐くと、問題多き転校生を見る。

「ありがとう、ええっと」

山田は由紀子にお礼を言うが、由紀子は礼なんて求めていない。

「学級委員の日高由紀子です。特に覚えてもらう必要ないんで」

押し付けられた学級委員をまじめにやる気はないが、穴が胃を貫通しそうな担任に頼まれたら仕方ない。何度も担任交換するのはやめてもらいたい。

由紀子としては、綺麗《きれい》な内申点が欲しいだけだ。中学受験に受かれば、面倒くさい問題児たちとさよならできる。

なので、これ以上面倒くさいことには関わりたくない。

由紀子はさっさと下校することにした。


由紀子は週三回、バスで塾に通っている。駅に近いビルにあるマンツーマン指導の塾で、名門校への合格者の数が高らかに張り出されているのが目印だ。

由紀子が狙っているのは私立東都《とうと》学園。倍率六倍の難関校だ。

母親は無理して受験しなくてもいいよ、と言っている。でも由紀子は、東都学園に絶対受かりたかった。

六年前、初等部を受験したが、その時は落ちてしまった。

(今度こそ)

そんな気持ちで今日も授業を受けた。授業料が高いだけあって、この塾は実践的な受験対策を教えてくれる。由紀子もたった一つのことをのぞいて、塾には満足している。そして不満の元凶がやってきた。

「よっ、学級委員」

帰りがけに声をかけてきたのは皆本だった。

「東都、C判定だってなー。諦めたらどうだー？」

「F判定のあんたに言われたくないけど」

小学校で好き勝手やってるくせに、皆本の親は学校の教育方針が悪いと、塾に行かせている。正直、塾で習ったとしても本人にやる気がなければ、成績なんか上がるわけない。その割に志望校だけは一番いい所を目指している。

皆本は、学校で多少やり合ったせいか、妙に絡んでくる。時間割が一緒なので塾の曜日も一緒なのだ。

「なー、おまえの担当の先生教え方上手いんだろう？　俺のと交換してくれよ」

「……」

由紀子は無視する。先生のせいにして自分の努力不足を何とも思っていない。学校の授業は意味がないと何も聞かずに、塾で全て教えてもらおうなんて虫がよすぎる。

由紀子は、ぎゅっと拳を握りつつ塾から駅へと向かう。その途中、ビルとビルの隙間の路地裏に目がいった。

（ここ）

数日前に通りかかったとき、変な占い師にからまれた場所だ。

由紀子は占いなんて信じるほうじゃない。朝のテレビ番組の星占いで、運勢がいいときだけ、ラッキーカラーやラッキーアイテムを気にするくらいだ。

(今日はいないんだね)

またからまれるのも面倒だからいなくてよかったと由紀子は思う。

試験まで十か月を切った。今のところ、合格判定はC。これからの頑張りでどうなるかが決まる。

(帰ったら教えてもらったとこ、復習しなきゃ。算数の応用問題)

「おい、無視すんなよ!」

皆本が由紀子を追い越して、ちょうど占い師がいた場所に立つ。

その瞬間だった。

皆本が消えた。一瞬、なんだと由紀子は思った。そして路地裏をのぞき込む。

「っ!」

声が出そうなのをこらえる由紀子。

皆本は必死にこちらに手を伸ばしていた。彼の頭を掴《つか》むのは人としては大きすぎる手。暗いので誰が皆本を引きずっているのかわからない。ただ、皆本は手足をばたつかせるものの全く逃げることができず、声も出ないほどパニックになっていることがわかった。

皆本は人ではない何かに掴《つか》まれて、引きずられていった。

由紀子も唖然《あぜん》とする。

こんな非常事態にどう対処すればいいのかなんて、小学六年生にとって難しすぎる問題だ。由紀子もまた、皆本と同じく声を出そうにも声が出ない。ただ、震える手をなんとか自分のランドセルに伸ばす。使うこともないだろうと思っていた防犯ブザーを鳴らすと、周りは由紀子に注目した。

「あ、あの……」

「どうしたの？ ブザーで悪戯《いたずら》しちゃ駄目って、言われなかった？」

通りがかった女性が、由紀子を静かに咎《とが》める。会社帰りらしく、スーツを着て手には鞄《かばん》を持っている。

「ち、違います。悪戯じゃありません。この奥に、クラスメイトが……」

「クラスメイト？ その子がどうかしたの？」

由紀子は路地裏を指す。しかし、もう皆本も彼を引きずる謎の影も見えない。

「ほ、本当です！ クラスメイトが、皆本くんが！」

由紀子は会社員に縋《すが》りついた。

でも証拠はない。会社員は路地裏をのぞき込むが誰もいない。

「なんだ、悪戯か」

注目を集めていたのは一瞬で、周りの大人たちはさっさと去っていく。由紀子以外、誰も引っ張り込まれた皆本を見ていない。

「あー、ごめんね。帰って夕飯の支度があるから」

会社員の顔には、面倒ごとには関わらないと書いてあった。由紀子の言うことを嘘《うそ》だと思ったのだろうか。

由紀子の手は、払いのけられた。

大人たちの言い分はわかる。放課後、防犯ブザーで遊んで何度も注意された小学生がいる。皆本もその一人で、いわばオオカミ少年。自業自得だ。

由紀子はさっき見たことを忘れればいい。皆本が誰かに連れ去られたのはきっと彼自身がやらかした今までの悪戯のツケだろう。

由紀子は何も見なかった。

気にせずに家に帰って夕飯を食べて、今日の復習をしよう。

さっきのは幻覚。

（……って、できるわけない！）

ああ、なんでこんなことをやっているのだろうか。皆本なんていなくなっても由紀子は困らない、むしろ教室が静かになっていいはずなのに。

疑問に思いつつ、由紀子はランドセルを投げ捨てた。狭くてジメジメして汚い路地裏を抜ける。抜けた先は狭い道路に繋《つな》がっていた。由紀子は左右を確認する。

(どこ、どこにいるの?)

視界の端に黒っぽい物が見えた。履きつぶされた運動靴で、皆本の物だ。

靴は雑居ビルの前に落ちている。テナントも入っておらず、誰も住んでいないボロボロのビルだ。駅近だが裏路地は再開発が進んでおらず人もいない。かつては人通りも多かったただろう場所だけに、妙なむなしさが感じられるが、今は感傷に浸る時ではない。

壊れた自動ドアをこじ開けた形跡が見えた。由紀子は近くに落ちていた錆《さ》びた鉄パイプを手にする。

息をひそめてビルに入り、すぐさま後悔した。

「た、助けてくれ!」

鼻水まみれの皆本が由紀子に突進してきた。無事だったのはよかったが、それ以上によくないことをしでかした。由紀子を押しのけて自分だけ外に出て、壊れた自動ドアを無理やり閉めたのだ。

「ちょっ! 何してんの!」

由紀子は慌てて外に出ようとするが、後ろの気配に気づいて振り返ってしまう。そこには、人の形をした何かがいた。

ぶよぶよした肉をまとった輪郭《りんかく》、されど伸ばしてきた手はひたすら長く細く、骨と皮だけのように見える。四月に着るには厚すぎるトレンチコートと目深《まぶか》にかぶった帽子。血走った眼と黄ばんだ乱杭歯《らんぐいば》を隠そうとして隠しきれていなかった。

シューシューという奇妙な呼吸の音、鼻をひくつかせて由紀子の匂いを嗅ぎ取っているようだった。

『死相が出ているわよ』

失礼な占い師の言葉を思い出す。

『行方不明事件が多発してるらしいよ』

彩香が心配してくれたのに、無意味だった。

塾を休んでおとなしく集団下校しておけばよかった。

後悔先に立たず。

この、たぶん男は、人外《じんがい》だ。そして、おそらく食人鬼だろう。

食人鬼。いまだに現代倫理観に馴染《なじ》むことができず、人間を食糧とみなす人外だ。

由紀子は皆本に悪態をつくこともできない。涙目になりながら、錆びた鉄パイプを振り回すしかない。けれど、六年生の女の子に何ができる。鉄パイプは食人鬼の腕に弾《はじ》き飛ばされた。

骨と皮だけの手が由紀子の喉をつかむ。苦しい、息ができない。足をばたつかせるが何の意味もない。

食人鬼の息が由紀子にかかる。ねっとりとした湿っぽさに生臭さが加わって、顔をそむけることもできない。くんくんと鼻を鳴らす食人鬼。

(く、食われる)

だが、食人鬼は由紀子を食べることはなかった。

「お、おまえじゃ、ない」

かすかに残った知性が、人語を紡ぎ出した。だが、その力は獣に等しく、ぞんざいに由紀子を扱う。

由紀子の体は投げ捨てられた。埃《ほこり》だらけの床を滑り、何かにぶつかって止まる。感覚がない。気持ち悪い。胃液がこみあげてくる。

(何を探しているの?)

由紀子より皆本のほうが美味しそうだと判断したのだろうか。確かに物理的な量は皆本のほうが多い。

だが、食人鬼の本命は別にいた。

ガシャンという大きな音とともに、テナントのショーウインドウを叩《たた》き割って入ってきたのは、由紀子と同年代の少年。

山田不死男だった。

山田は由紀子を見る。

教室で見るほわわんとした顔とは少し違って見えた。

琥珀色《こはくいろ》の目は光の加減か、赤みがかった金色に輝いている。

(早く逃げてよ……)

食人鬼は血走った目をぎょろぎょろとカメレオンのように動かした。先ほどまで由紀子を見ていたのに、山田へと視線を移動させる。汚ない乱杭歯《らんぐいば》の隙間から蛇のような舌が見えた。

山田は動かない。じっと食人鬼を見ている。

(逃げなさいって……)

声を出そうとしたその時だった。吐き気を我慢できず、口から液体がこぼれ出す。その色は真っ赤だった。

「?」

由紀子は視線を自分の腹に向ける。むき出しになった鉄筋が由紀子の腹部を貫通していた。ただならぬ量の血が流れている。コンクリートの壁がえぐれて鉄筋がむき出しになっていたのだ。

(これ、死ぬ……)

なんで投げ飛ばされた先に、鉄筋があるんだろう。さすがに由紀子でも自分の内臓がだめになっていることぐらいわかる。その前に失血死だろうか。

(短い人生だった)

死んだら、幽霊になったら、まず家族に謝って、それから皆本を呪おう。

いやその前に、山田はどうなる。

食人鬼は、四《よ》つん這《ば》いになると山田に飛びかかった。

由紀子の声は出ず、山田も動こうとしない。

乱杭歯《らんぐいば》が山田の肩に食い込む。食人鬼はそのまま山田の肩の肉を食いちぎった。

血しぶきが舞う。骨が見えている。首から近いから、頸動脈《けいどうみゃく》も引きちぎられているのではないだろうか。このままでは由紀子と同じ出血死。

(死んじゃうよ……)

だが、山田は悲しそうな目で由紀子を見ている。自分が食われているのに、まるで興味がないようだ。

「食べないほうがいいよ」

山田は赤みがかった金色の目で食人鬼を見る。山田のむき出しの傷は蠢《うごめ》いていた。

床に飛び散った血しぶきは、それらが個々の意思を持っているかのように動いている。

流れた血液が逆流し、むき出しの肩に戻っていく。筋線維《きんせんい》が伸び、束になって筋肉を形作ろうとしている。その周りには薄い膜が幾重《いくえ》にも張り、表皮を作っていく。

(こんなふうになってたのか)

山田が三階から落ちてもピンピンとしていた理由。由紀子が思った以上に、不死者という人外《じんがい》は人間離れしている。

山田の肩は、衣服以外はかなり元どおりになったようだ。

「食べたところで飢えは満たされない」

なのに食人鬼は山田に食らいつく。それ以上に、山田は再生する。

山田は不死王の息子。不死身なのだ。

（いいなあ）

由紀子は、ゆっくり息を吐きながら、目を瞑《つぶ》った。致命傷を受けた体はもう持たない。

痛覚が麻痺《まひ》しているのがせめてもの救いだ。

ああ、ついてない。

由紀子の記憶にあるのはそこまでだった。

2　夢の赤身丼

由紀子はまどろんでいた。目を開けたはいいが、記憶がぼんやりしている。

（どこだろ、ここ？）

由紀子は、ゆっくり起き上がる。どうやらベッドに寝ていたらしい。普段、由紀子が使うベッドではなく、ずいぶん立派な物。部屋もホテルみたいなすっきりした作りだが、全然知らない場所。

客間らしい作りの部屋だ。一般家庭の部屋とは思えず、高級ホテルや迎賓館《げいひんかん》のイメージに近い。ロココだかアールヌーヴォーだかよく知らないが、とりあえずそんなお洒落《しゃれ》な内装だった。

猫脚の丸テーブルに猫脚の椅子、キャビネットの上にはアンティークドール、棚には高価そうなお酒が並んでいる。由紀子は未成年なのでお酒に興味はないが、妙にお腹《なか》が空《す》いて仕方ない。思わず何か食べ物がないかと見てしまう。

（なんでこんな場所に？）

そういえば、視界だけでなく記憶も曖昧《あいまい》だ。

（何をしていたっけ？）

塾の帰り、皆本にからまれたが、皆本が何者かにさらわれたので追いかけたら食人鬼がいた。

そして――。由紀子は腹を触る。何か違和感があるが、鉄筋でえぐられたような傷はない。大体、あの怪我《けが》なら由紀子はとうに死んでいるはずだ。

（死後の世界？）

それとも――。

「あらー、おはよう。目が覚めたのねー」

部屋に入ってくる明るい声。声の主はふわふわとした女性だった。まだ見た目が成人前くらいで、ずいぶん可愛らしい人だ。美少女といってもいいだろう。

「えっと……」

由紀子はまず何を話せばいいのか迷った。すると目の前に、ドンッとお盆が置かれた。お盆の上には、大きな赤身丼がある。赤々とした肉とちょこんと添えられたワサビと三つ葉、白い艶《つや》やかな米が妙に食欲をそそった。

由紀子は、美味しそうな赤身丼に涎《よだれ》が垂れるとともに、非常に混乱していた。不条理なことばかり起きている。理解が追い付かない由紀子はある仮定を導き出す。

（これ、夢なんじゃないか？）

だったらわかる。食人鬼に襲われたことも夢かもしれない。そうだ、きっと塾に行かず、家で寝てしまったのだ。学校でいろんなことが起きた。疲れていたから仕方ない。

夢だと思えば、この奇妙な展開も悪くない。

「はい、お箸」

「ありがとうございます」

由紀子は箸を受け取り、ごはんと赤身の肉をまとめて掴《つか》むように挟んだ。食べやすいようにと、美少女がベッドの傍《そば》に猫足テーブルを移動させてくれたので、由紀子はベッドの端に座りなおす。

ぱくんと赤身を口に入れると、目をまん丸にした。

（な、なにこれ？）

「おっ、おいしー！」

思わずお行儀も忘れてどんぶりにがっついた。なんだろう、この赤身。歯ごたえがあるけど、硬いというわけでもなく、のど越しがつるりとしていくらでも入る。薬味にワサビがあるけど、赤身自体に臭みはなく、どことなく果物を思わせる芳香も。

なんの赤身だろうか。普通に考えるとマグロだが、マグロではない。牛肉に近い気もするが、それともまた違う。一口、また一口とどんどん口に入ってしまう。まるで赤身の肉が生きているように口の中で弾《はじ》ける。これはいけない。大きく見えたどんぶりがお猪口《ちょこ》のように小さく感じる。

「うふふ、いい食べっぷりねえ〜。ママはパン派なんだけど、ちょうど切らしちゃってて。ごはんはパックでごめんなさいね」

ずっと見ていた美少女は、ニコニコと上機嫌だ。しかし『ママ』とは何のことだろう。

「むしろごはん派なので！」

由紀子は大歓迎だ。

（やっぱり夢だ）

どんぶりいっぱいの赤身丼を食べたというのに、全然お腹《なか》がいっぱいにならない。むしろもっとくれと体が求めている。

由紀子は小食ではないが、大食いでもない。

夢だからいくら食べてもお腹が満たされないのだ。

そして、夢の中の登場人物はもう一人増える。

「日高さん、おかわりいるー？」

部屋のドアを開けて入ってきたのはさらに大きなどんぶり、いや、そば打ちに使うこね鉢のような大きな器だった。中身はさっきと同じ赤身丼だ。

もちろん赤身丼が勝手に動くわけない。その下になぜか転校生の山田が隠れていた。

「赤身丼飽きたら、違う料理にするけど」

「赤身丼がいいです！」

由紀子は山田から巨大赤身丼をもらうと、どんどん腹に収めていく。夢だから太らないと思えば、とてもうれしい話だ。

そのあと、さらにもう一杯赤身丼を追加でいただいて、由紀子はほっと一息ついた。

「あー、おいしかった」

「粗茶ですが」

美少女がお茶を出してくれる。由紀子はお茶をいただいて大きく息を吐く。

「お腹《なか》いっぱいになった？」

山田がにこにこしながら聞いてくる。

「うん、さすがにこれだけ食べれば——」

（あれ？）

由紀子はお腹を撫《な》でる。

（夢なのに満腹になった？）

おかしい、夢なのに、と首を傾《かし》げていると、凄《すさ》まじい足音が近づいてくる。足音は部屋の前で止まったと思ったら、ドアが思い切り蹴破られた。長い脚と十センチ以上あろうかというハイヒールが見えた。

一体なんだ、と思うと、派手できらびやかなおねえさんがいた。ウェーブがかかった黒

髪で、目鼻立ちがくっきりとしている。年齢は二十代後半くらいだろうか。モデルか女優と間違えるくらいの美人だ。ウイスキーみたいな深い琥珀色《こはくいろ》の目には見覚えがある。

「あらあら、お姉ちゃんどうしたの？」

ほんわか美少女が可愛らしい声で聞いた。

（お姉ちゃん？）

あのゴージャス美人とほんわか美少女は姉妹なのだろうか。あまり似ていない。

「あっ、あっ……」

間抜けな声がゴージャス美人の口から洩《も》れる。古い言い方で言えば、銀幕のスターのような顔が見事に壊れていた。いわゆる顔芸になっていた。狼狽《ろうばい》と呆《あき》れが混じった顔で、顎《あご》が外れるほど、目玉が落っこちそうなほど見開かれている。

「どうしたの？　姉さん？」

山田が首を傾《かし》げる。どこかで見たことがある目だと思ったら、派手な美女の目は山田と同じ色だった。

この三人はみんな姉弟ということか。

「お、お母さま？　どういうことですか？」

（お母さまとはなんです？）

由紀子は女性二人を見比べる。どう見ても巻き毛美人のほうが、年上に見える。ほんわか美少女は「山田母（仮）」ということでいいだろうか。

（複雑な人間関係？）

とりあえず巻き毛の美女は山田の姉ということで、「山田姉」にしておく。

いやいや、整合性が合わないのは夢だから仕方ないと思っていると、山田姉が由紀子の前に近づいた。

「食べた？」

由紀子と積み重なったどんぶりを見比べる。由紀子はコクリと頷《うなず》く。

「何を食べた？」

「赤身丼ですけど……」

「ど、どんな赤身？」

「なんの赤身ですかね？　とてつもなく美味しかったです」

どうしたのだろうか。うろたえ方が半端ない。白い綺麗《きれい》な歯は、カスタネットかというくらいカチカチと鳴っている。山田姉は美人だが、バラエティ向けなのだろうか。

そして、次の瞬間。

「うぼっ！」

乙女《おとめ》にあるまじき声が由紀子の口から洩れた。

体を真っ二つに折られるように激しく、山田姉の拳が由紀子の腹部にめり込んだ。

「ごめんね、ごめんね！」

謝りつつ、山田姉は次に由紀子の口に指を突っ込んだ。喉の奥まで全く遠慮がない。思わず押しのけて、ぐえっと吐く。

「大丈夫、日高さん？」

「お姉ちゃん、ひどいわ。よそのお嬢さんにいきなり暴力ふるうなんて！」

「暴力じゃないです！　胃洗浄です！　あー、もう、あんたたちが勝手に食べさせるからもう！」

一体何を話しているかわからない由紀子。ただ、口から出たのは泡の混じった涎《よだれ》と胃液くらいだ。

次に、山田姉はどこからともなくチューブを取り出して由紀子の口に突っ込む。苦しいのにお構いなしだ。

（いや、夢？　夢じゃないの!?）

「あー、もうなんで、なんで？　今食べたばっかりよね？」

「あらあら、消化が早いのね」

「健康だね」

山田姉が慌てふためくのに対して、呑気《のんき》な二人。

「完全に消化しちゃってる……」

由紀子は苦しみながら口からチューブを抜き取った。乱暴に引っ張っていいのかわからないが、さっさと抜いてしまいたかった。

「……あ、あの。説明していただけますか？」

なんで由紀子は理不尽に暴力を受けたのか。今、ここがどこでどんな状況なのか。

さすがに由紀子でもこれが現実世界の出来事だと、理解するようになった。

「あー、日高さんはねー。ぐちょってなってた」

山田が理解に苦しむ説明をし始めた。山田姉が無言で彼を掴《つか》むと、手際よくガムテープでぐるぐる巻きにした。拘束というより梱包《こんぽう》に近く、山田は部屋の隅に投げ捨てられる。

「えーっと、不死男に代わり私が説明します」

「はい」

理由によっては訴訟も辞さないつもりの由紀子。

「ええっと、日高さんだったわね。単刀直入に言えばあなたは死にました」

山田姉が突拍子《とっぴょうし》もないことを言い出した。

「はい？」

いろいろ聞きたいところだが、質問しても話の腰を折るだけで進まないだろうから、由紀子は黙る。由紀子の意図を察してか、山田姉が話を続ける。背景に芋虫《いもむし》のように転がる山田と山田母（仮）が戯《たわむ》れているが無視する。

「記憶が曖昧《あいまい》かもしれないけど、食人鬼に襲われたことは覚えている？」

「……っ、ええと。はい」

由紀子は、食人鬼に襲われて投げ飛ばされたことを思い出す。そして、むき出しの鉄筋に刺さった。内臓がぐちょぐちょになったことを思い出し、由紀子は急に体が震える。

「正しく言うと死んでいません。でも、もう手の施しようがない状態だったの。だから――」

山田姉は弟を見る。

「不死男が血を与えて、日高さんの体を治しました」

「血を？」

由紀子は脇腹をさすった。今頃、浴衣《ゆかた》のような寝間着に着替えさせられていることに気が付いた。そっと合わせを緩めて腹を確認するが、なんの傷痕も残っていない。

「私もお母さまもだけど、不死男も、不死王の血族なの」

「はい」

そして、由紀子が鉄筋に刺さっているときに、山田も食人鬼に襲われていた。彼が生きているのは、それこそ不死身だからだろう。

「不死王の一族の血肉には、傷を治したり生命を再生したりする効能があるわ。あの場では日高さんを助ける方法はそれしかなかった」

「ええっと、突飛ながら理解できたような気がします。山田くんが命の恩人というわけですね。でも、私が無理やり胃洗浄受けた理由はなんですか？」

山田姉は頭を抱え、うなり、首を横に振り、重なったどんぶりをそっと見て、覚悟を決めた顔をした。

「不死男が絶命寸前の日高さんにやった行動は、仕方なかった」

「はい」

「でも、問題はさっき食べたどんぶり」

「どんぶり」

山田姉はパチッと指を鳴らす。

すると蹴破られたドアから男性が二人入ってきた。一人は生活能力がなさそうな黒髪の美形。だらだらとバイトしつつ彼女の家に転がりこみそうな顔をしている。二十歳《はたち》過ぎくらいだろうか。

もう一人は『今日の食材』と書かれたTシャツを着た超美形。山田が二十代半ばくらいになったらこんなふうになるだろうなという顔立ち。

二人の青年は、どちらもウイスキーのような琥珀色《こはくいろ》の目をしている。

「連れて来たよねーちゃん」

「恭太郎《きょうたろう》、座らせなさい」

「うい」

生活力がなさそうな美形は、恭太郎というらしい。山田そっくりの美形を絨毯《じゅうたん》にじかに座らせる。山田家は全員が全員美形だが、飛びぬけて変Tの青年が美しく、人間離れしている。

「実は不死男の血肉以上に、お父さま、ええっと不死王の血肉のほうが、より強力な再生能力があります。こちらが父です」

変Tの超美形を指す山田姉。つまりこの人が山田父であり、不死王らしい。

「はい。普通はそうでしょうね」

「よりによって、この天然母子が療養食に選びました」

「はい？」

由紀子は座り込んでいる山田父を見る。

「こちら、療養食に選ばれたお父さまです」

由紀子は首を傾《かし》げる。

理解が追い付かない。

「うちの父さんは、A五等級にも負けないいんだよ。サシはないけどいい歯ごたえだったでしょ？」

山田が妙に誇らしげに語る。

「親父だ。困ったことに、親父を上回る肉に出会ったことがない」

恭太郎が面倒くさそうに言った。

「うふふ。ママの旦那さまがパパなの。パパをさばくのはママのお仕事なの」

山田姉、山田不死男、恭太郎、山田母（仮）が超美形を見る。

「こんにちは。うちの不死男の友だちかな？　パパは頑張ったけどごちそうは気に入ってくれたかな？」

人間離れした美しさの割に砕けた表情をする不死王。無表情だと氷のように冷たいのに、笑うと間抜けな山田不死男の顔が被《かぶ》る。

由紀子は改めて不死王のシャツの文字を確認する。

「きょうのしょくざい……」

マグロでも牛肉でもない未知の肉。

「血が足りない時はやっぱお肉だよね！」

「黙んなさい！」

山田不死男が転がりながら主張するのを、山田姉に蹴られる。

「やっぱりカルパッチョにしたほうがよかった？」

「お袋、そーいう問題じゃないから」

呆《あき》れ顔の恭太郎。

由紀子は力が抜け、絨毯《じゅうたん》の上に四《よ》つん這《ば》いになった。ダラダラと汗が流れる。

（た、食べちゃった）

人間として、踏み出してはならない一線を越えてしまった。床に突っ伏してしまう。

なんで、そんなものを食事に出したのか、そんなことよりも、ただ食べてしまったという現実が由紀子に重くのしかかっていた。

「ええと、何を食べたか後悔しているところ悪いんだけど」

さらに申し訳なさそうに、山田姉は続ける。

「それで、あなた、もう人間じゃなくなったの」

ため息を一つはさんでさらに続ける。

「不死王の血族というか、同族になっちゃったのよ」

と。

おかげで由紀子は、再び気を失ってしまった。

3　不死初心者の心得

『不死王《ふしおう》』

不死者の王。伝承では、吸血鬼の王と言われるが、現在確認されている不死王は、吸血行為を行わない。また日光やにんにくでダメージを受けることもなく、首を斬《き》られても胸に杭《くい》を刺されても死なない。吸血鬼とは全く別種の、不死身一族の王を指す。

また、その血肉を与えることにより、文字通り血族を増やす。その血族は、極端に死ににくい身体となる。

由紀子は目の前の講義を淡々と聞いていた。

先生は眼鏡をかけたエリートサラリーマンふうの男性だ。彼もまた山田の兄で、山田姉の弟だという。名前は紹介されなかったので、とりあえず山田兄とする。恭太郎も山田少年の兄のようだが、雰囲気的に下っ端っぽいので恭太郎に固定させていただく。

美形でクセがある黒髪、琥珀色《こはくいろ》の目は、山田姉弟に共通する特徴らしい。

あの後、由紀子は山田姉に家まで送り届けられた。

偶然とは恐ろしいもので由紀子の家と山田家はお隣さんだった。とはいえ、由紀子の家は地主なので土地が広く、隣といっても田んぼを何枚か挟んでいるが。

無断外泊をしたというのに、どういうわけか由紀子は家族に怒られなかった。山田姉がいろいろ根回しをしてくれたようで、説明をしなくて済んだが、もし母に聞かれても由紀子は説明しきる自信はなかった。

ただ朝のニュースで、駅前でガス爆発事故が起きたとあった。もしかして化け物が出たことをもみ消したのかなと、由紀子は遠い目をして思ったり。

「由紀子、今日は病院に行きなさい」

「えっ？　学校は？」

「もう連絡しているし、迎えも来ているわよ」

祖母が言うので玄関に向かうと、しっかりスーツを着込んだ山田姉が立っていた。

「では、娘さんはお任せください」

どこをどうやって説明したのかわからないけど、見送ってくれた祖父と祖母は山田姉を信頼しているようだった。

派手なエンブレムがついた外車に乗せられ、着いた先は郊外にある大きな医療施設だった。ガンを研究している国営の施設で、たまにテレビに出ている。

由紀子はまるでＶＩＰ扱いで中に入れてもらうと、山田姉から山田兄を紹介された。

「いまから、最低限必要な知識を教えます」

とのこと。

こうして、簡素な会議室でお勉強会が始まったわけだ。

山田兄の持ってきたのは分厚い資料と、その内容をわかりやすくまとめたプリントだった。たしかに、あれだけ大量の資料は、小学生には理解できない。

山田兄は、簡単に不死者について説明してから、血液検査などで由紀子の肉体の変化を調べるという。

ぼんやり天然の山田、不死王こと山田父、山田母の三人に比べると、姉と兄はずいぶんしっかりしているように見える。恭太郎がどちらに似ているかはわからないが、なんか駄目そうな空気なので保留にしておく。

山田姉は、由紀子が不安にならないように会議室の後ろに座っている。初対面で、いきなり由紀子の腹を殴ってきた山田姉だが、一応同性がいたほうが心強い。

「これは、不死王の血族、つまり僕たちの特徴を示したものです」

プロジェクターで映し出された内容を見ると、簡単に箇条書きされていた。

一つ。著《いちじる》しく代謝機能が高まり、再生が早くなる。極端に死ににくくなる。

これは、由紀子も見たのでわかる。山田は食人鬼に食いちぎられても再生していた。たしかに不死身の肉体だと思ったのだが。

（死ににくく……なる？）

由紀子の疑問を読み取ったのか、山田兄は説明する。

「不死者といっても不死身ではありません。不死王とて例外でありません。不死身に限りなく近いのが不死王であり、その眷属《けんぞく》は個体差によって死ににくさが異なります」

山田兄は、由紀子に視線を落とす。理解できているのか、確認するような目だ。小学生にどこまで丁寧に説明すればいいのか、迷っているようだった。

由紀子が深く頷《うなず》くと安心したらしく、言葉を続ける。

「不死王とて、最低限、身体を維持する成分がなければ死ぬと思われます。まあ、仮定なのは、誰も不死王が死んだところを見たことがないわけで、今のところ、理論上死ぬことが可能という話ですね」

現在の不死王の前に不死王がいたという記録はない。少なくとも、山田父は紀元前から生きているらしい。それ以前の記憶はなくなってしまったという。山田父がどこから来たのかなど、実は謎に包まれているという。

なぜなら、昔すぎて本人が忘れたらしい。

伝承で残る吸血鬼の王という意味の不死王は、当時の不死王の話と別の物語とが結びついてできたものだと言われている。

二つ。著《いちじる》しく寿命が延び、肉体年齢は個々のピーク時で止まる。

「多少語弊はありますが、不老不死という言葉が一番近いでしょうか。ただし、老化が止まる年齢は、それぞれ個体差があります。基本的に十代後半から三十代前半で止まる場合が多いです。おそらく、日高さんは、あと数年は順調に成長すると思います」

　由紀子は山田兄の言葉を他人事《ひとごと》のように聞いている。逆を言えば、あと数年で成長が止まると言っているのだが、由紀子は自分が大人になる姿があまりぴんとこなかった。

　三つ。脳のつくりが変わってくる。

　山田兄は深くため息をつく。容姿は色彩以外、山田姉と似ていないと思っていたが、その仕草はそっくりだった。まるで、同じものに対してため息をついているようだ
「実は、これが一番厄介だったりします」

「どうしてですか？」

　由紀子が聞き返すと、山田兄は手に持ったステンレスの指示棒を縮める。そして中指と親指で挟むと、ゆっくりと押しつぶした。金属製の棒が波打ちながら縮んでいく。到底棒といえなくなったものを、由紀子に見せる。

「脳の制御《リミッター》が外れやすくなり、常人離れした力を出せます。また、脳内麻薬エンドルフィン等が分泌されやすくなり、痛みに鈍くなります。もちろん、肉体は人外《じんがい》のそれになっているので、体の損壊を考えることなく動き回れるのです」

（そういえば）

山田姉に思い切り腹を殴られて吐いたが、それほど痛みはなかった。もちろん、いきなり殴られたという衝撃は大きいし、地味に恨んでいる。

「日常生活における力の強さはある程度、訓練により調整できます。不死者の中には調整が不得手な者もいますが、僕や姉は、それほど問題ありません。日高さんを見る限り、僕や姉と同じ傾向があるようです。今現在、特に慌てもせず話を聞いているのが証拠です。集中力が上がり、物事を冷静に判断しようとするタイプですね。訓練と投薬で一般人に紛れて生活しても、問題ないかと思います」

(なるほど)

由紀子がまるで他人事《ひとごと》のように山田兄の言葉を聞いていられるのは、そのせいなのかもしれない。

「逆に不死男や不死王は、別の傾向が見られます。母もどちらかと言えば、そちらに分類されます」

山田兄が言いにくそうに口ごもる。

それを察したのか、後ろから妖艶な声がかかる。

「本当にごめんなさい。私がもっと早く帰っていればよかったのに。あの馬鹿恭太郎がダラダラしたせいで、お母さまたちのやらかしを止められなかったわ」

口ごもった山田兄のかわりに、山田姉が言った。それから、山田姉は切れ長の目を山田兄に向けて「続けなさい」と語っていた。

「父と母、それから不死男は、長命種が持つある特徴が強く出ています」

「どんなものですか？」

「深く物事を考えず、極端に前向きで、注意力散漫な」

「ちょっと待ってください」

由紀子は手を上げて止める。

「私の想像する長命種とは何か根本的に違う気がするのですが？」

由紀子は長命種の代表格、吸血鬼や人狼《じんろう》を思い出す。

「普通、そういう人外《じんがい》って孤高だったり、思慮深かったり、プライドが高いイメージがあるんですけど」

「あー、それは、せいぜい数百歳の若造ね。千年単位になると、考えることすら面倒になったりするのよ」

山田姉が、首を傾《かし》げざるを得ないような発言をする。

（いやせいぜい数百歳って、あなたいくつなん？）

思ったことをそのまま口に出さない程度に、由紀子はお行儀がいい小学生だった。だてにお受験の面接対策を受けていない。

「人間も年を取ると、いろんな失敗をしてきて、恥じらいが減っていく人いるでしょ？

ついでに、とげがなくなるっていうか」

「まー、なんとなく」

「あと、ごはんを食べたかどうか忘れたり、迷子になったり」

「たぶん、それは違う何かだと思います」

由紀子はきっぱり否定する。

「ぼんやりしている上、死に対して恐怖がないから、非常に怪我《けが》をしやすくなるとか」

「あー」

由紀子は、間抜けなくらい見事に三階から落ちた山田を思い出す。

「でも、まさかよそ様にこんな迷惑をかけるなんて」

(うん、そうだよね)

いや、どちらにしてもなんかどうしようもない理由で不死者になってしまった。

(実感わかないけど死ぬよりはマシなのかな)

こうして由紀子が落ち着いて楽観的にとらえられるのも、不死者になったためなのだろうか。

「じゃあ、細かい説明は質問を受けて答えるとして、不死者になるといくつか生活に制限ができてしまうの」

いつの間にか指示棒は山田兄から山田姉へと移っていた。指示棒は山田姉の力で元の棒状に戻されている。えぐい高さのハイヒールと、足に自信がないと穿《は》けないミニスカート姿なので、指示棒より鞭《むち》のほうが似合うのではと思ったけど口に出さない。どことなく女王様気質があふれている。

「日高さんのご家族には、食人鬼が近くにいた現場で保護し、体に異常がないか精密検査を受けさせているって話しているわ」

「間違いではないですね」

本当のことを言っていないだけで。

山田姉と山田兄はものすごく居心地が悪い顔をする。どちらも一見気位が高そうな容姿だが、ここで土下座しろと言われたら素直にしそうな勢いの懺悔《ざんげ》の念が顔に現れていた。

（こっちが申し訳ない気がしてくる）

由紀子としては、山田は仮にも命の恩人だし、自分が不死者になったことも実感がわかない。

なお、今後山田家で正体不明の肉は食わぬと心には誓っている。

「日高さん、あなたの親御さんには、実は不死者の血肉を与えたことは言っていないのよ。ただ、食人鬼に触れたことで感染症にかかったことになっている」

つまり異常な食欲は、食人鬼のせいになっているのだ。

「えっ。まあ、私としてもお母さんたちに心配かけたくないから、死にかけたことは知らせてほしくないので、そっちのほうがありがたいです」

さすがに内臓が潰れて死の淵《ふち》をさまよったなんて言いたくなかった。由紀子の父はとうに他界しているので、あまり母や祖父母、ついでに兄に心配をかけたくない。

「それもだけど、不死者であることは基本秘密にしてほしいの。これから肉体に変化が起きて成長が止まり、ごまかすのが不可能になるまで、人間日高由紀子として生きてもらいたいわ」

「どういう意味ですか？」

由紀子はじっと山田姉を見つめる。

「私たちは不老不死に近い人種なの。血肉は万病に効く薬となるし、血族を増やすためにも使われる。もし、人間が不死者になれると世間が知ったらどうなると思う？」

由紀子は「あっ」と口を開ける。

「不老不死になりたい人たちがいっぱい来ます」

「それだけじゃなく、僕たち家族以外に日高さんも襲われることさえあるでしょう」

山田兄が付け加える。

「私たちは不老不死に近いけど、決して不死身じゃない。何度も即死攻撃を受けたら、与えられた血肉を失って死んでしまう。特に食べられることだけは避けたいの」

「食べられるって……」

由紀子は、襲ってきた食人鬼を思い出す。

「食人鬼の中には、不死者を狙って来る者が多いわ。日高さんもまた、狙われる可能性が高い」

「いや、ちょっと待ってください。私、見たんですけど。最初、食人鬼は皆本っていう同級生を狙って現れたんです！　皆本も不死者ってわけじゃないですよね？」

「その皆本くんという子は、不死男の匂いが付いていた可能性が高いわ。不死男の血や肉が付くようなことはなかった？」

「匂い？　血や肉？」

（あっ！）

由紀子は皆本が山田の頬を引っ掻《か》いたのを思い出した。不潔そうな皆本だから、手を洗うこともなくそのまま過ごしていたのだろう。

「じゃあ、失礼ですが山田くんが普通に小学校に通うことは問題ではないですか？　それこそ、サメのいる海に肉ばらまいて海水浴させているみたいですけど」

「日高さん、大変的確な比喩《ひゆ》を使いますね」

山田兄が感心しているが、由紀子にとっては大問題だ。

「もちろん日高さんの言い分もわかるわ。でも私たち家族が表に出ているのは、意味があるの。ターゲットとして食人鬼に注目させるためよ。学校側にも私たちが不死者だとしっかり伝えていたはずだわ。一般人より、私たちが狙われるほうが死ににくいでしょ？」

　確かに先生は山田を不死王の息子だと紹介した。

「知性がある食人鬼は不死者の名前につられる。けれど、公に行動することはない。一部の吸血鬼に深く当てはまるけど、人間社会で地位を保っているから騒げないの。下手すれば返り討ちにあったうえ、人間社会で得られる恩恵を全部捨てることになるから。古くさい食人の習性を捨てられないくせに、文化的な生活はしたいという馬鹿が多いのよ」

「ちょっと難しいですけど、小学六年生なりに理解しました」

「理解力が高いと助かります」

　山田姉に代わり、山田兄が言った。

（小学生だからって、馬鹿にした態度を取らないんだよな）

　大人は子どもにはわからないだろうとか、雑な言葉遣いをしたりすることが多いのに、二人はあくまで丁寧に対応してくれる。いろいろ言いたいこともあるけど、二人には根本的な責任はないので、由紀子も丁寧に受け答えせねばと思う。

「じゃあ、知性がない食人鬼はどうなるんですか？　私を襲った食人鬼は知性がないほうですよね？　いや、知性というより理性でしょうか？」

　かすかに人語を話していた。

「そちらの対応は簡単よ。これ」

山田姉は匂い袋のようなものを取り出した。

「食人鬼が忌避するものが配合されているわ。理性のない食人鬼は本能でその匂いを避けるから、こちらから近づかない限り大丈夫よ。香水タイプもあるけど？」

山田姉は、宝石みたいなガラス瓶も取り出す。

「香水はちょっと早いかと思います」

少し憧れるけど、もっと大人になってからかな、とお洒落《しゃれ》なガラス瓶を見て思う由紀子。

「つまり食人鬼の襲来に備えて、ある程度都会に近く、でも同時に人が少ない地域にやってきたわけですね」

由紀子の家のご近所がまさに条件どおりだ。都会のベッドタウンだけど、同時に田園風景も広がっている。

（なんかすごいことになったー）

由紀子は分厚い資料を横目に思うのだった。


（なんだかなあ）

由紀子はお風呂に顎《あご》までつかり、ぶくぶくと息を吐いた。

二人から不死者について説明を受けたあと、全身を検査された。身体測定はもとより、血液や尿、血圧に心拍数、それからなぜか髪の長さと爪の長さまで調べられた。

（スリーサイズまで調べる必要あるの？）

小学生にはまだ縁のない項目だと由紀子は思う。

『これから、少しずつ変化が起きるから』

由紀子の頭がぼんやりしているのもそのせいらしい。肉体の変化に精神がショックを受けないように、まず脳内の作りから変わっていく。じゃあ、別人になるの、と聞いたら山田姉は首を振る。記憶も感情も残る、ただ、ものの見方が違ってくるらしい。

不死王の血肉を食らい、眷属《けんぞく》になる。ずいぶんファンタジーな内容だが、意外にも科学的に説明できる部分が少なからずあるという。

山田兄がそれについて説明して、『ぷりおん』とか『てろめらーぜ』とか言っていたけど、正直理解できなかった。聞きなれない単語はメモしたので、意味を調べるつもりだ。

（変化ねえ）

由紀子には、不死身になりました、という実感は全くなかった。

山田姉は謝るが、由紀子として一番ショックだったのは、えらいもんを食べてしまった、そのことだったりする。

4　小学生のお仕事

由紀子の体の変化はすぐさまわかるようになった。

「おかわり」

由紀子はお茶碗を母親に渡す。

「あんた、何杯食べる気？」

母が呆《あき》れた顔でこちらを見る。祖父母と兄の颯太《そうた》も見ている。

おかわりはこれで四杯目だった。これまでの由紀子なら、朝食は茶碗半分で済ませている。

「ありえねえ、デブるぞ。昨日もめちゃくちゃ食ってただろ」

兄が行儀悪く肘をついている。朝練のため、制服ではなくジャージを着ていた。由紀子より二つ上で近所の中学校に通っている。由紀子もお受験が失敗したら同じ学校に通う予定だ。由紀子はごはんがよそわれた茶碗を受け取ると、むすっとしたまま食べる。お腹《なか》が空《す》いて仕方なかった。体中がエネルギーを欲しているようだった。

「ごちそうさま」

由紀子はもう一杯おかわりしたいのを我慢すると洗面所に向かった。

歯ブラシに歯磨き粉をつけて、鏡をのぞく。

(にきび、なくなったな)

赤く発疹《はっしん》ができていた場所は、すべすべとした肌になっていた。

(目もよく見える気がする)

黒板の字が見えにくくなり、そろそろ眼鏡かコンタクトレンズを作らないといけないと話していたところだった。眼鏡は嫌だしコンタクトは怖かったので、地味に嬉《うれ》しい。

変化といえば、変化だが、由紀子には嬉しい変化だった。

不死者となると、今後問題は多いだろうが、それなりの恩恵があった。


由紀子は学校に向かう。山田が元気よく登校しているところを見かけ、なんとも言えない気分になる。屈託なく笑う少年をクラスメイトは遠巻きに見ていた。

(人外差別《じんがい》はいけないって言われているけど)

怖いものは怖い、それがまともな反応だった。ただ、数日前と雰囲気が違う。何かあったのだろうか。

由紀子はいつもどおり、仲良しの彩香とおしゃべりしていた。

「由紀ちゃん、体大丈夫?」

一瞬ギクッとする由紀子。ただ、彩香はここ数日由紀子が休んでいたことに言及しているだけで、不死者の話は全然していない。

もし彩香が、由紀子が不死者になったことを知ったらどうなるだろうか。

（絶対、言っちゃいけない）

いくら仲良しの彩香でも駄目だ。彩香はいい子だけど、ちょっとおしゃべり好きなところがある。簡単に言えば、個人情報漏洩《ろうえい》の恐ろしさをまだ知らない。

「風邪引いててさ。インフルの疑いあったから、念のため休んだんだよ」

「あー、インフルって今の季節でもあるらしいね。ならしょうがないね」

由紀子は上手くごまかせたと思いつつも罪悪感に苛《さいな》まれて、チラチラと教室を確認する。

「ねえ、私が休んでいる間、何かあった？」

由紀子は不自然にならないように、情報収集をする。

「あー、あったあったよ」

「何？」

「山田くんが爆発した」

「……」

由紀子は一瞬、彩香が何を言っているのかわからなかった。

山田不死男を見る。教室の一番後ろ、廊下側の席で早弁をしていた。いつのまにか席が窓際から移動している。おそらく、三階の窓から落ちたのを配慮したのだろうが、先生には結局ばれたということか。山田は、バゲットにチューブ入りのチョコクリームをつけて、もぐもぐと食べている。その冬眠前のリスのような姿を皆、観察していた。

「いつでも掃除がしやすいように、あそこの席になったの。再生するっていっても、ある程度汚れるからね」

「いや汚れるって？」

もしかして、由紀子が見たスプラッタを山田は教室でやらかしたのだろうか。とんでもない話だが、山田ならありうるかもと由紀子は思う。

「あと、皆本転校したから」

「扱い雑！」

思わずツッコむ由紀子。

「いやー、なんか急に転校が決まったみたいで、由紀ちゃんが休んだ翌日にはいなくなってたの。なんか、やらかしたのかなあ？」

元々、皆本のことは嫌いだったせいか、清々《すがすが》しそうな顔の彩香。気持ちはわからなくもないが、由紀子は彼の転校理由を知っている。しかし、動きがあまりに早すぎて驚いてしまった。

食人鬼に追いかけられたところを助けに来てくれた同級生を見捨てて逃げたなんて、口が裂けても言えないだろう。皆本の中では、由紀子はすでに食人鬼にガジガジ食べられてしまったことになっているはずだ。

かわいそうな気もするけど、今までの行いを考えると自業自得だ。何より、由紀子には皆本の誤解を解く方法も理由もない。彼には新天地ではおとなしく学校生活を過ごすよう心掛けてもらいたい。

そして、ろくでもない悪ガキがいなくなった教室では、山田がその存在感を増している。クラスメイトの中では、恐怖心と好奇心、それらが拮抗《きっこう》しているようだ。

山田はバゲットを丸一本食べ終わると、次はランドセルから食パンを一斤《きん》取り出す。

（どうやって入れてたんだ？）

ふわふわの食パンは型崩れしておらず、焼き立てのおいしそうな匂いが周りに漂う。今度は林檎《りんご》のプリザーブジャムをつけながら食べている。

由紀子もお腹《なか》が空《す》いて仕方ないが、我慢する。涎《よだれ》が垂れそうだ。

（不死者って食欲半端ないんだな）

山田兄の講習でも習ったが、代謝がよくなり体組織が普通の人間とは別物になる。結果、よりエネルギーを欲する体質になるらしい。

不死者は存在がファンタジーなだけに、行動もファンタジーだ、と由紀子は自分のことを棚に上げて山田を見ている。

異物には近づいては駄目、小学生でもそれくらいわかる。

だが、世の中には動物園の動物にコンタクトを取ろうとする変わり者もいる。

「なあ。それ美味いのか？」

好奇心が恐怖に打ち勝ったようで、クラスメイトの神崎《かんざき》が山田に話しかける。神崎は皆本のようないじめをする性格じゃない。明るく元気で、小六男子らしいダンスィである。

山田は口いっぱいに残りのパンを頬張ったまま、ランドセルに手を伸ばす。取り出したのは、チョコを包んだクロワッサンだ。

まったく型崩れしていない。というか、ランドセルに教科書は入っているのだろうか。

「あ、あんがと」

神崎は渡されたクロワッサンを頬張る。

「んまいな！」

「うん。母さん、お手製」

「おまえのかーちゃん、天才だな！」

神崎がフレンドリーに話しかけるので、続いて他のクラスメイトが山田に話しかける。

由紀子は遠巻きに見るだけ。

「なんか、わけわかんない子だね」

「同感」

彩香の問いかけに由紀子は同意する。

（私も持って来ればよかった）

由紀子のお腹《なか》は、食糧を欲していた。朝ごはんのおかわりをやめたことが悔やまれる。

山田は爆発云々《うんぬん》以外にもやらかしていることがわかった。

というより、由紀子の前で早速やらかした。

四時間目の移動教室で、階段から見事に落ちた。踊り場で止まることなく、いきおいに乗って三階から一階まで落ちた。

（いやいやいや）

踊り場で止まろうよ、という配慮は山田にはない。

途中、鼻血や割れた頭の中身が零《こぼ》れていて、凄惨《せいさん》というほかない光景に皆は引きまくっていた。

さっき、少し仲良くなったかに見えた神崎などのクラスメイトも、距離を取った。理由は、返り血を浴びるからだ。

山田はすぐさま再生するが、飛び散った血糊《ちのり》は六年一組の面々で掃除する羽目になった。

おかげで昼休みがだいぶ潰れ、お弁当の時間はすぐに終わってしまった。

由紀子はいつものお弁当におにぎりを三つ加えてもらったが、全然足りない。彩香にサンドイッチを一個分けてもらった。ちなみに由紀子の学校は給食を実施していない。

「由紀ちゃん、本当にすごい食欲だね」

彩香が目を丸くするので、由紀子は慌ててしまう。

「う、うん！　成長期、今すごい成長期！」

ごまかそうにもこれくらいしか思いつかない。名残を惜しみつつ、空の弁当箱を片づける。それでも、まだまだ由紀子のお腹《なか》には食糧が足りず、昼休みに売店に行ってパンでも買おうかと思っていた。

「日高さん、先生が職員室来てだって」

「えっ、何の用だろ？」

由紀子は、伝えてくれたクラスメイトにお礼を言うと、職員室へと向かう。


職員室にて、担任からの提案に由紀子は全力で『NO』を示した。

「いやです」

「そこをなんとか！」

頭を下げる担任に由紀子はきっぱり拒否する。

職員室に呼び出され、一体何かと思えば——。

「そんなこと言わずにさ。頼むよ、学級委員だろ！　山田の面倒を見てくれよ。家もご近所だろ！」

担任は胃のあたりをさすりながらお願いするが、由紀子の知ったことではない。担任の胃に穴が開こうが関係ない。

由紀子が不死者になったことは、秘密だ。ならば、秘密を守り通すためには、厄介ごとの塊《かたまり》である山田には近づかないほうがいい。

「いやです！」

この責任感のない担任は、一女児に問題児を押し付けようとしている。教育者としてあるまじきことだ。

山田はよく死ぬ。三階の教室の窓から落ちるし、彩香曰《いわ》く爆発するし、階段から血しぶきをまき散らしながら転がっていく。

どう考えても情操教育に悪いし、精神衛生上もよくない。

不死身なのはわかるが死にすぎている。

かたくなな由紀子の態度に教師はため息をつく。

「しかたない」

担任は机の引き出しから、参考書と手垢《てあか》じみたノート、それに何かコピーしたものを取り出した。

「な、なんですか？」

由紀子はごくりと喉を鳴らす。

「先生、それって」

青白い担任の顔が一瞬輝いた気がした。

「東都学園の入試の過去問と傾向と対策、それに作文問題のコピー。先生は大学時代に家庭教師のバイトをやっていてね。兄弟二人をまとめて教えていた。ちなみに、兄弟揃《そろ》って志望校に合格したよ。なに、ほんの二、三年前の話さ」

東都学園、由紀子の志望校だ。

担任は老けこんで見えるが、実際はまだ二十代前半。

じっと食い入るように見る由紀子に、担任はにやりと笑う。

「欲しいか?」

普段は情けないほど弱々しい担任の背後に、どす黒いオーラを感じた。まるで召喚した悪魔が人間の欲望を引き出すかのようだ。

由紀子は拳を握り、唇を噛《か》みしめた。

教室に戻った時、由紀子の手にはしっかり古びた参考書があった。


「大変だね」

彩香は首を傾《かし》げながら、使い込まれた参考書を開いて言う。

「別にいいいんじゃない、やらなくても」

「そうはいかないでしょ。先生に頼まれたんだし」

由紀子は作文問題のコピーに目を通しながら言った。気になる点は先生から赤が入っている。新任で崩壊学級を押し付けられている不運な人だが、教え方自体は上手い。

「違うよ。受験。わざわざ中学から私立に行かなくてもさ。一緒に公立行こうよ」

彩香は参考書を閉じて、おねだりするように上目使いで由紀子を見る。

由紀子は首を振る。

「お父さんと同じ学校に通いたいの」

寂しそうに見る彩香を後目《しりめ》に、由紀子は視線をずらす。

「ふーん、それにしてもさ」

彩香は由紀子の視線の先を見る。見た目だけは美少年、そんな人物が映る。

「ほんと、よく食べるよね」

昼休みも終わろうとしているのに、山田はまだ食事を続けていた。どこから取り出すのかわからないが、巨大メロンパンを食べている。顔より大きいサイズだ。某子ども向け番組を思い出す。

担任の心配をよそに、問題児たる山田不死男はマイペースに生きている。

由紀子は知らないが山田爆発事件のあと、緊急職員会議があったらしい。監督不行き届きについて、担任はこってり絞られたそうだが、相手が相手だけに、先生方もどうすればよいのか考えあぐねているようだ。

(私もお腹空《なかす》いてきた)

結局、売店でパンは買えなかったし、空腹で死にそうだ。

(燃費悪すぎ)

普段の四、五倍の食欲なのに、お年頃には気になる体型の変化はほとんどない。ただ、髪や爪の伸びが早くなった気がする。

(違う生き物になっていく)

あと、ぼんやりした感覚が消え、頭の回転が速くなった気がする。なんとなく、以前に比べて勉強がはかどるようになった。

これは由紀子にとって利点だ。

(今度、相談してみよ)

山田姉とメールアドレスを交換しているので、連絡はいつでもとれる。スマホアプリのほうが由紀子はよかったが、機密の面を考えると駄目らしい。さらに、身体が安定したらまた検査を受けたほうがいいというので、病院にも行かなくてはいけない。

「由紀ちゃん、次、理科の実験、中庭だよ」

彩香に促され、由紀子は教科書と筆記用具を持つ。

マイペースな少年はようやくお腹が満ちたらしく、とろんとした目をしていた。

由紀子は面倒くさいと思いつつ、教室を出る前に山田を揺さぶる。

「起きて、次は移動教室だから」

「……ぅん」

「由紀ちゃんってなんだかんだで、度胸あるよね」

彩香はふわふわの髪を揺らしながら廊下を歩く。

また昼寝モードに入りそうな山田を無理やり立たせて、教科書と筆記用具を持たせた。

眠そうな少年は、ぼんやり眼のまま由紀子たちの後ろを歩いている。

人畜無害そのものだ。

彩香も含め、クラスメイトが怯《おび》える理由は生のスプラッタ映像であり、山田そのものを怖がっているわけではない。

『不死王の息子』なる仰々しい肩書を持つものの、本人はいたって平和な性格であると由紀子は思う。むしろ、皆本にからまれたように、いじめられっ子の要素のほうが強い。

「由紀ちゃん、全然怖がってないよね。山田くんのこと」

「そうでもないよ」

正直、怖い。

何をしでかすのか予想がつかない。何の肉を食わされるのかわからない。

しかも悪気がないときたものである。一番関わりたくないタイプだ。

由紀子は、そわそわと後ろを振り返りながら歩く。

寝ぼけた少年はふらふらと千鳥足で歩いている。すると突然、山田が転びそうになった。

「おわっ！」

由紀子は慌てて山田を支える。由紀子より身長が低いのに、ずっしりと体重がかかる。

不死者になってから由紀子の腕力も何倍にもなっていることを考えると、山田の体重は見た目よりずっと重いことになる。

（あんだけ食ってたらね）

由紀子も一体何キロになっているのか、思春期に入りかかった少女としては、知りたいような知りたくないような話だ。

由紀子が山田の足元を見ると、尖《とが》った石が地面から突き出ていた。

「危ないよね、それ」

彩香がのぞき込む。地中深くに大きな石が埋まっているらしく、取り除けないらしい。

中庭の真ん中で迷惑なことだ。

「山田くん、気を付けて歩いて」

「……うん」

怪しい。寝ぼけまなこのままだ。不安になりつつ、手を引っ張っていく。

中庭に着くと、先生が教材を配っていた。

太陽の高度を調べるのが、今日の授業である。手作り感あふれる測定器で角度を測る。さして面白くない授業なので、内容は端折《はしょ》らせていただく。いや、好きな人は好きなのだろうが、由紀子が興味を持つ範囲ではなかった。

途中、教師が時間の空いた生徒のために、虫めがねと黒い紙という幼稚な時間つぶしをさせようとしたが――。

「なんか焦げ臭くない？」

誰かが言った。

「いや、紙を焦がす実験だから、焦げ臭くて当たり前じゃない？」

ごもっとも、と由紀子も同意する。

「でも、なんか焼肉みたいな……」

由紀子は即座に嫌な予感がした。振り返ると、直射日光を裸眼で見ているおばかがいた。しかも虫めがねの焦点を当ててじりじり焼いている。

「山田くん！」

由紀子は即座に、山田の手を叩《たた》いた。虫めがねを落とそうとしただけだが、まだ力加減が上手くできない由紀子は、そのまま山田ごと吹っ飛ばした。

『……』

皆の視線が集まる。

山田は校舎の壁に打ち付けられていた。たとえるなら、高速道路を走ったあと自動車のフロントガラスにくっついた虫になっていた。

（ひっ！）

由紀子はどうしようと一瞬考え、地面に落ちた虫めがねを拾う。割れていなくてよかった。

「リアル目玉焼きができなくてよかった！」

由紀子は芝居がかった動きで虫めがねを掲《かか》げ、自分の正当性を誇示する。

「そ、そうだよね！　失明したら危ないもんね！」

彩香が由紀子を助けてくれる。

山田は張り付いていた壁からメリメリッと剥《は》がれると、無事ですと手を挙げた。

「目、目は怖いよな」

「うん、目はね」

山田の関節がちょっと変な方向に曲がっているのは気にしないでいただきたい。

由紀子の怪力について突っ込まれることはなかった。たぶん、山田だからというクラスの暗黙の了解ができているのだろう。

由紀子は山田の関節が元に戻るのを確認すると、地面を示す。

「山田くんは蟻《あり》の巣の観察ね」

「うん」

由紀子は山田を中庭の隅っこに追いやった。

校舎の壁には、地縛霊のような山田の跡がついているが見なかったことにしておく。

山田は楽しそうに蟻の巣を観察している。

(これ以上、何も起こるな。起こるな)

このように願うことをフラグを立てるという。

「ねー、あっち見てー。なんかすごくかっこいい人がいるよー」

観察に飽きたらしいクラスメイトが言い出した。元々は崩壊学級。首魁《しゅかい》である皆本がいなくなったからといって、皆おとなしくなるわけじゃない。先生が注意しても、右耳から左耳に抜けていく。

「えっ、どれどれ～」

「ほら、あそこ。身長高いし、モデルでもあんな綺麗《きれい》な人いないよ。お父さんにしては若くない？　お兄さん？」

「だよねー」

「どれー。ほんとだー。かっこいー！　でもさ、誰かに似てない？」

姦《かしま》しい女子たちの視線は、蟻の巣を観察する山田を確認する。

由紀子は恐る恐る女子たちが見る人物に目を向けた。遠目でもすらっとした、スーツが似合う人物だとわかる。ややクセのある黒髪に、琥珀色《こはくいろ》の目をしていた。これが眼鏡をかけたエリートサラリーマンふうだったらどんなによかっただろうか。

人間離れした冷たい美貌は、山田にそっくりだった。

山田は視線に気づいたのか、蟻《あり》の巣の観察をやめて立ち上がった。

「あっ、父さーん!」

話題の人物に大きく手を振る山田。そうだ、話題に上っていた人物は山田父だった。

(なんで山田父がいるの?)

保護者としての学校訪問ならわかる。山田は転校してあまり経《た》っていないし、いろいろ手続きがあるのかもしれない。ただ、それをやるとしたら山田姉か山田兄が来ると思った。山田父のことはまだよく知らないが、山田姉や山田兄が言うにはヤバい人外《じんがい》らしい。正直、小学校の中を一人で歩いていいのか気になる。

山田父は山田に気付いたのか、顔を上げる。

「おー、不死男ー!」

さっきまでの氷の彫刻のような美貌に、間抜けな声が上書きされる。スーツでキメているのに、息子の姿を見つけて大きく手を振って走ってくる。その行動は小学生男子、いや保育園児くらいに見える。

そして、保育園児は何もないところで転ぶ。しかも、顔のところにはさっき山田が躓《つまず》いた石があった。

割れる頭。どくどくと流れる血。ピクピクと痙攣《けいれん》する四肢。

「父さーん!」

「いやあ、こけちゃった」

てへっと、起き上がる山田父。ドジっ子の真似をしても、流れ出す血は隠せない。だが、彼はただのドジっ子じゃない。不死身の不死王の肉体は、キラキラとエフェクトがかかりつつ再生していく。

(あー、山田くんの再生より、マイルドだ)

仮にも『王』と付くだけあって無駄に魔法っぽいが、原理はどうなっているのか由紀子にはわからない。だが、山田なら脳漿《のうしょう》をまき散らしているところだ。幾分マシといえばマシだ。

ただわかるのは、山田父が再生し終わると同時に先生と用務員さんが来て、どこかへ連れられていったことだけだった。

「父さん、行っちゃった」

「何しに来たんだろうね」

由紀子は呆《あき》れつつ虫めがねを片づけて、教室に戻る準備をした。

5　円滑円満なご近所付き合い

「食欲についてですか」

山田兄は、由紀子の質問に苦笑いをした。自販機から紙コップを取り出して由紀子に渡す。

今日は二度目の検査の日だ。

「山田くんも異常に食べてるから、不死者特有のものですよね？」

「まあ、そうなんですけど」

山田兄は自分の分のコーヒーを買う。

由紀子は山田兄に頭を下げて、口をつける。炭酸の味が口にしゅわしゅわと広がった。

血液検査も終わったことで、甘いものを摂《と》ってもいいらしい。前回は気にせずごはんを食べまくったので、ちょっと数値が安定しなかった。

二度目の検診で先日と同じコースを一通り終えたところ。少し時間が空いたので、待合室にて山田兄に質問した。エリートサラリーマンふうのこの男は、肩書は製薬会社の社員だという。現在は、国と共同でお薬を作っているという。第三セクターとかいうらしい。

山田兄への相談の内容は、由紀子の食欲についてだった。食べ盛りの一言で説明できないレベルに達している。

(うちが農家でよかった)

米と野菜は豊富にあるので、エンゲル係数が極端に上がることはないが、家族に冷ややかな目で見られることがつらい。弁当箱も昨日から重箱三段重ねにグレードアップした。一緒にお昼を食べていた彩香が引いていた。

(好きでこんなになったわけじゃないのに)

あの天然家族のことを思い出すが、今更何を言っても仕方ない。

「説明が抜けていましたね。再生力を維持するために、不死者は常人の数倍のカロリーを蓄えなければなりません。さらに、成長期である日高さんは、それこそ多大なエネルギーを必要とします」

やはり、食事量は増えるらしい。申し訳ない、と山田兄が頭を下げる。

見た目は女王様ふうの姉に、鼻もちならないエリートふうの兄だが、簡単に頭を下げる。おそらく他の家族に苦労させられているのだろう。少し不憫《ふびん》になってくる。

「まあ、それも含めてこれでごまかせるはずです」

山田兄は、クリアファイルに挟んだ書類を見せる。なにやら、甲とか乙とか書かれた難しそうな文面だ。

由紀子が首を傾《かし》げるのを見て、山田兄がかみ砕いて説明する。

「これは、日高さんがとある特殊な病気にかかっていて、その症例が極端に少ないから、治療とともにデータを取らせてくれという内容の契約書です。食人鬼に触れたことによる感染症と言っていたでしょう」

その代償に支払われる金額を見ると、一家族の平均収入を上回っていた。月に一回、十年間払い続けられる。さすがに多すぎるだろう、と由紀子が山田兄を見ると、

「慰謝料と思ってください」

と、遠い目をされた。

「一応、この契約書には公的機関の判がありますが、それでも怪しまれるようならご家族の元に、専門医を派遣して説明します」

「……家族にまで隠す必要があるんですか？」

由紀子は首を傾げる。友達には不死者となったことを知られたくないが、家族となれば、話す必要があると思う。今後、弊害《へいがい》が現れかねない。

山田兄は、銀縁の眼鏡をくいっとかけなおす。

「そうですね」

山田兄は、コーヒーを飲み、空になった紙コップをリサイクルボックスに入れた。

「『人魚事件』って知っていますか？」

由紀子は首を横に振る。

「世界大戦の頃の話ですからね」

　山田兄は語り始める。


『人魚事件』

世界大戦中、一人息子の元に赤紙が届いた母親が息子の無事を祈り、不死の妙薬と言われる人魚の肉を求めた。結果、人魚の子孫と噂《うわさ》される猟師町の娘を惨殺《ざんさつ》する事件が起きた。母親は無事に帰ってくるようにと息子にその肉を食べさせたが、息子が戦地から帰ってくることはなかった。人魚の肉の話がデマだったのか、それとも娘はただのヒトだったのか、人魚が滅びた現代では知る由もないことである。


「ちなみに、娘が人魚の子だと言いふらしていたのは、被害者の父だったそうです」

（……聞かなきゃよかった）

　由紀子の家族はその父親のように浅はかだと思わない。でも、兄はどうだろうかなどと考えると、言わない方がいいと判断してしまう。

　不死王の血肉が不老不死の薬だと言われたら、違うと言い切れないのだから。

　戦争中の混沌《こんとん》とした時代ではないものの、老けずに生き続けることを望む人間はいくらでもいるだろう。

家に帰ると、玄関先で母が誰かとおしゃべりしていた。

綿菓子のようなふんわりした笑顔の、二十歳前にしか見えない女性、山田母だ。

「あら、お帰り。あんたの友だちのお母さんが来ていらっしゃるわよ」

(友だちじゃないんだけど)

「こんにちは、由紀子ちゃん」

毒気を抜かれる、ふわふわした笑顔を振りまく山田母。まさに天然という言葉にふさわしい。

「こんにちは、山田くんのお母さん」

由紀子は、棒読みであいさつを返す。愛想よくふるまうには体力がいる。

「山田さんから、お土産いただいたわよ。引っ越しのご挨拶ですって」

菓子折りが五つ積み重なっている。由紀子の好きなカスタードまんじゅうだ。

(家族五人分?)

もらいすぎだろうと言いたいが、今の由紀子には微々たる量なので断る必要もない。

とりあえず、気が利かない母の代わりにお茶を用意する。

ふんわりとしたブラウスとスカートを身に着けた見た目幼な妻と、農作業途中の土で汚れた母親は、どうもちぐはぐな組み合わせだが、話は盛り上がっているらしい。

「あっ、ありがとう。しっかりしているのね」

「ちょっとぬるくない？」

由紀子は、母の小言を聞き流す。湯飲みにはぬるめの茶を入れている。山田母対策だ。息子の不死男や山田父と同じなら、アツアツのお茶で何が起きるかわからない。

母は、由紀子が茶と一緒に持ってきた芋羊羹《いもようかん》をつまみながら、話を続ける。

「やっぱり生産量だけ求めても、味が落ちるのよね。せっかく大きく育っても中にスが入っちゃって」

「わかります、それ。ごはん増やして太らせるだけじゃダメなんですよね。適度に運動させないと、すぐ味が落ちるんです。息子はそこのところ舌が敏感で、すぐわかるんですよ」

普通に聞いていると、母と山田母は農作物と家畜について話しているようだ。

「食事に動物性たんぱく質をあげると、量は増えるんですけど、臭みが増すし。もうずいぶん前にやめたんですけど」

そういえば、誰かが菜食主義者だと聞いたことがあった気がした。誰だったかは、深く思い出そうとは思わない。

「ああ。肉骨粉ね。今は禁止されてるからね。あれは駄目だわ。カルシウム摂《と》るなら、貝殻のほうがいいわ」

由紀子の母は、何の、誰のことを言っているのか気づいていない。

「貝殻ですか？　へえ、はじめて知りました」

「そお？　昔から使われてると思ってたんだけど」

母は、山田母の言っているものが鶏《にわとり》か何かだと思っているらしい。普通、そうである。

由紀子は芋羊羹を口に運ぶ。祖母手作りの和菓子は、甘みがおさえてあって美味しい。

「ホームセンターで売っているけど、別にアサリやカキの殻を潰せば十分よ」

「そうか。じゃあ、今日はボンゴレにしようかしら」

山田母は夕飯が決まったところで帰ることにしたようだ。

「ああ、ちょっと待ってて」

母が玄関から出ると、箱一杯に野菜を詰め込んでくる。

ハウス栽培のホウレンソウとイチゴに、エンドウとアシタバとキャベツが入っている。

「口に合うかどうかわかんないけど、よかったら使って。あまったら、貝殻と一緒に混ぜてあげてみるといいわ」

「あっ、ありがとうございます。ホウレンソウ、うちのパパ、大好物なんですよ。貧血にならないように、毎日食べているんです。早速、試してみます」

貧血の原因はなんとなくわかるが、由紀子は黙っておく。なにを試すのかはいわずもがな。

車で送ろうかという母の言葉を断り、段ボールを軽々と担いで山田母は帰って行った。

由紀子は、お茶を片付けて、お土産の箱を開ける。

「見た目によらないよね。鍛えてるのかな、あの箱、けっこう重かったのに」

母親の感心する声をよそに、由紀子はまんじゅうを頬張る。

由紀子はまんじゅうおいしいなあ、と思いつつ、今日の山田父の晩ご飯を哀《あわ》れに思う。

不死王というと人外《じんがい》の中でも一目置かれる存在だが、由紀子の知る限りでは、黙っているときの美貌以外は怖いと思えるところがなかった。いや、ある意味行動は怖すぎるが。

まんじゅうを一箱片付けて、もう一箱食べようとしたらペシッと手を叩《たた》かれた。

「ちょっと夕飯前でしょ？」

「お腹空《なかす》いたんだよ」

由紀子の胃袋は一食米一升《しょう》では足りなくなっていた。

「ごはん、おばあちゃんがすぐ作るからちょっと待ちなさい」

母に言われて口を尖《とが》らせる由紀子。そんななか、母の作業着のポケットから音楽が聞こえた。

「あら。回覧板」

今の時代、回覧板なんてものはない。母のいう回覧板というのは、スマホから流れてくる地域の連絡網だ。これなら、相手のアドレスさえ知っていれば、一斉送信で済む。

「ご町内の清掃作業ですって」

「ふーん」

由紀子はこの手の行事は嫌いだ。なぜなら兄がサボるので、由紀子が掃除に駆り出されることが多い。

「山田さん家《ち》、町内会のことは知らないわよね？」

「知らないんじゃない？」

「困るんじゃないかしら」

いや、困らないよ、と由紀子は思ったが、母は聞いていない。母は新聞に入っていたチラシの裏に、清掃作業の概要を書くと折りたたんで由紀子に渡す。

「山田さん家に持って行って。ついでにアドレス聞いてきて」

「えー、なんで私が？」

由紀子としては山田家とは最低限の付き合いでいたい。

「さっき聞いておけばよかったわね。迂闊《うかつ》だったわ」

「ねえ、わざわざ聞きに行く必要ないよ。山田くん家のお姉さんのアドレスなら知ってるよ？」

わざわざ行かなくてもいいと、由紀子は主張した。

「お姉さんは働いているって聞いてるけど？　ちゃんとさっきのお母さんのアドレスを聞いてきなさい」

母は由紀子の話を聞く気はないらしく、おまんじゅうの箱を振る。

「行くならもう一箱食べていいから」

「……」

由紀子の心の天秤《てんびん》は、空腹には勝てなかった。

田んぼ三つ分先の山田家に到着する前に、カスタードまんじゅうは全部食べ終わってしまった。

山田家の外観はお洒落《しゃれ》な洋館で、田舎の田園風景の中で特異な存在感があった。由紀子が生まれる前からあって、いつもどんな人が持ち主なんだろうと横目で見ていた。

大きな門を通ると、庭が広がっている。これでバラでも植えてあったら完璧なのだが、全然違うものが埋まっていた。

「なにしてるの？」

聞くだけ無駄かな、と思いつつ、由紀子は山田にたずねた。

山田は、土に埋まっていた。遅咲きのチューリップに混ざって、首だけ地面から生えている。驚いたが派手なリアクションをとるほどではないと由紀子は判断。淡々と山田に接する。

「兄さんにおとなしくしてろって埋められたんだ」

「……そうなんだ」

生首《なまくび》というわけじゃなく、ちゃんと地面の下に胴体がくっついているようでよかった。

でも、山田のすぐ傍《そば》になぜかのこぎりが置いてある。由紀子は首を傾《かし》げる。

山田はにっこりと笑いながら説明する。

「昔の人はね、道を通るために罪人の首をのこぎりで引かなきゃならなかったんだって。大変だよね」

「うん、知りたくない豆知識ありがとう」

どうやら昔の処刑法らしい。のこぎりの刃が、なんだか錆臭《さびくさ》く感じる。

方向性はずれているが、山田は博識で、よく気持ち悪い雑学を語ってくれる。

由紀子はポケットからチラシを取り出す。

「はい、回覧板の代わり。あと、山田くんのお母さん帰ってきてる？　町内会関係でアドレス教えてほしいんだけど」

「母さんはさっき帰ってきたよ。姉さんも兄さんもいるよ」

（これじゃあ、渡せないな）

さすがに生首山田の口にくわえさせるというのは、駄目な気がする。

「わかった」

由紀子は山田の生首をそのまま放置した。

山田母に渡してしまおうと玄関に向かい、ステンドグラスが取り付けられた扉の前に立つと、怒鳴り散らす男の声が聞こえた。

「なんで、俺ばっかなんだよ！　たまには息抜きさせろよ」

この声はたぶん恭太郎だろうか。

「仕方ないだろ。僕も姉さんも仕事があるんだから」

落ち着いた声の主は、山田兄である。

「だから、私たちが非番の時は、自由にしていいって言ってるでしょ」

山田姉の声が聞こえる。

「別に、父さんたちの面倒見るのが嫌ならそれでもいいんだけど」

山田姉の、艶《なま》めかしい声がもったいつけるように言う。

「あんたが私たちの代わりに働いたらね。恭太郎」

サディスティックな声で山田姉が攻め入る。恭太郎が口ごもっているのが、見えなくともわかる。

「働きもせずに、女の子のお尻ばっかり追いかけて。この甲斐性無《かいしょうな》しが！　おかげで、また被害者が増えちゃったじゃない！」

（被害者ってたぶん私だ）

そういえば山田姉が、恭太郎にも原因があると言っていた。恭太郎は、雰囲気からして山田兄の弟だろう。不死者だと誰が年上かよくわからないので困る。

それにしても、恭太郎を責める山田姉の声はとても生き生きしている気がする。

「う、うるさい。俺は、愛に生きるんだ」

大変恥ずかしい捨《す》て台詞《ぜりふ》を吐いて、恭太郎は扉を開けた。

由紀子と鉢合わせになる。

「こんにちは」

由紀子は、目の前に立つ若者に挨拶をした。盗み聞きになってしまい、居心地が悪い。

「……こんちわ」

恭太郎が返す。パーカーにカーゴパンツの若者は、鋭い目つきで由紀子を見る。

「恭太郎、由紀子ちゃんに謝った？」

「うっ！」

山田姉の言葉に、恭太郎の顔が強張《こわば》る。

恭太郎は何を思ったのか、後ろに下がって助走をはじめ、そのまま滑り込むように正座をすると、額と脚を擦《こす》りながら由紀子の前で止まった。

（スライディング土下座……）

「こ、このたびは俺の監督不行き届きのため、大変ご迷惑をかけてしまい申し訳ありませんでした！」

由紀子は初めて見たと感心し、恭太郎の謝罪の言葉など頭に入らなかった。どちらかと言えば面白いものが見られたな、という観客気分になった。

「はい。わかりました」

許さないと言ったところでどうなるわけでもない。由紀子は奥の山田母を見つけた。

「あらー、どうしたの？」

「回覧板じゃないですが、町内会の行事についてです。母は、町内会関係のためにアドレス教えてほしいそうなんですがどうしますか？　あっ、町内会費は月千円ですけど、一応加入だけでもしておいたほうが穏便《おんびん》かと思います」

「わかったわー」

由紀子は山田母からアドレスを書いた紙を貰《もら》って帰る。

山田が埋められていたことと、面白い土下座が見られたこと以外は何も起こらなかった。由紀子は、ホッとしたところで、立ち止まる。

（いや、じゅうぶん起こってるわ！）

セルフで突っ込みそうになり、由紀子は感性がどんどん山田家に浸食されているのではと不安になった。

6　普通それはデートという

四月末、明日から大型連休なので由紀子はウキウキしていた。由紀子の家は農家なので休みはなく、別にどこに出かけるわけでもないが、学校がないのはそれだけで嬉《うれ》しい。学校から帰ると、忘れないようにもらったプリントをランドセルから出す。

今日は母の帰りが早かったようで、リビングでテレビを見ていた。台所では祖母が夕飯を作っている。

「授業参観ねえ。連休明けなんて忘れそうだわ。ちょうど授業がない日だからいけるかな？」

プリントを冷蔵庫の扉に張る母。由紀子の母は大学で農業経営学というよくわからないものを教えている。

「先生にも、いろいろ説明しときたいことがあるからちょうどいいのかしら」

由紀子の病気のことを言っているのだろう。母は、いぶかしみながらも「娘のためなら」と、先日山田兄に渡された契約書に判を押してくれた。決して、毎月の一定収入に目がくらんだわけでないはずだ。そう思いたい。

由紀子は居間に炊飯器を持っていき、茶碗にごはんをよそう。祖父、祖母、母、兄とつぎ、自分にはどんぶり一杯よそう。炊飯器は二台目を購入した。

不死者になって三週間近く経《た》とうとしている。

食事は五人前をぺろりと完食し、爪や髪の伸びが早くなった。にきびがなくなったのはうれしいが、それよりも治療痕の残る永久歯が抜け、新しい歯が生えてきたのは驚いた。朝起きたらパジャマが血まみれだったので、家族にばれないように急いで着替えた。

おそらく、由紀子もまた山田のような再生能力を持っている。残念ながら試す機会はない。普通、現代社会において生命の危機に陥ることなどそうそうないのだから。

(ふつうはそうだよね)

むしろ、普通に生命の危機にさらされている山田一家が不思議でならない。まあ、半分は姉兄たちの折檻《せっかん》が原因とも思えなくもないが。

(それにしても見事な土下座だった)

不死者というのは、やたら死ぬか、謝罪がうまくなるかどちらかなのだろうか。

どっちにせよ、由紀子はお断りであるが。

ご飯を頬張りながら、壁に掛けられたカレンダーを見る。

(明日は塾で勉強するか)

大型連休に入るというのに、由紀子の考えることは現実的だった。

連休初日の夜だった。塾から帰り、由紀子が居間でテレビを見てくつろいでいると、山田姉から電話がかかってきた。

『由紀ちゃん、急にごめんね』

「どうしたんですか？」

というか、いつの間にか『由紀ちゃん』になっている。

居間に誰もいないので、由紀子はそのまま会話する。電話越しだが山田姉の声が一オクターブ高い。

『うーんとね。明日、暇かな？』

なんとなく猫なで声をしている。

（嫌な予感する）

明日もどうせ塾の自習室で時間を潰すだけであるが、素直に答えたくない。言い渋っていると、

『暇なの？』

有無を言わさない言葉に、用件だけは聞くことにした。

「どうしたんですか？」

『明日、お出かけしない？』

「どこにですか？」

『ホテルバイキング』

「行きます！」

思わず条件反射で答えてしまった自分が恨めしい。

スマホの向こうで、山田姉がにやりと笑っている気がした。

『よかった、不死男も喜ぶわ』

由紀子は即座に、行くと返事したことを後悔した。仕組まれた気がしてならない。

「……おねえさんも行くんですよね？」

確認するようにたずねると、

『送迎はするけど、二人で食べてきて。さすがに三人もいたら、ホテル側も大変でしょ？』

（……たしかに）

由紀子の摂取カロリーを概算したところ、一日二万キロカロリーをこえていた。ちなみに力士の一日の摂取カロリーは八千ほどらしい。

それでも抑えているほうなので、バイキングという言葉を聞くと、もう食らいつくす勢いで食べてしまうに違いない。略奪を繰り返す、まさにバイキングになろうとしている。

だからといって、思春期女子としては同級生の異性と二人で食事に行くなど耐えがたいものがある。

（もし誰かに見られでもしたら）

クラスで冷やかされたら、登校拒否する自信がある。枕を涙で濡《ぬ》らすくらい落ち込む、へこむ。由紀子のそちら方面のメンタルは人並みの強さしかない。

その旨を山田姉に伝える。

『あっ、そうか。そういうものなのか。私がその年代の時は、十二歳って結婚適齢期だったんだけどな。数えで十四くらいでしょ？』

（一体、いくつなんですか？）

由紀子は喉元まで出かかって、言葉にせずに終わる。なんとなく、その質問をして、死亡フラグを立てた者が無数にいた気がしたからだ。

『まあ、その点はなんとかする。それに、そのホテル、三時からケーキバイキングもあるのよ。もちろん、それも食べるわよね。おすすめは季節のロールケーキとザッハトルテ。イチゴもまだフェアやっているから』

（……ロールケーキ）

ごくりと喉を鳴らしているうちに、山田姉に肯定ととらえられたようだ。

こうして、明日の予定が決まってしまった。

山田姉は手回しも早かった。

由紀子の母親は、山田母より連絡を受けていた。親戚の子どもが来られなくなった数合わせに、と話が回っていた。山田母と円満なご近所付き合いが続いているようだが同時に不安しかない。人外《じんがい》一家だと知っているのだろうか。

由紀子としては、もう少し距離をおいて付き合えばいいと思っている。

「ちゃんとお礼言うのよ。お母さんも行きたいくらいだわ」

由紀子は、よそいきの服を着せられ、お小遣いを渡された。

行きたくない気持ちとロールケーキへの恋慕に板挟みになりながら、山田家に着く。インターフォンに山田が出て、

「ごめんねー。すぐ用意するから入っててよ」

と、言われるがままに扉を開けた。

そこには、自立歩行する手首があった。

大昔のホラーコメディ映画のマスコットのごとく、手首がエントランスを縦横無尽に駆け回っている。階段の手すりを滑り台のように滑り、シャンデリアに飛び乗る。その後ろを虫取り網を持った恭太郎が追いかけていた。

これが映画の中であれば、シュールだが微笑《ほほえ》ましい光景に見えなくもなかろう。しかし、走り回る手首の断面は骨と筋肉が見え、血管から血しぶきが飛ぶ。

大きさからして、成人男性のものだろう。

「親父、わがまま言うな。おとなしく留守番してろ！」

「嫌だ。パパだって、チーズケーキが食べたいのだ」

山田父が、階段の上から息子を見下ろしている。右手には手錠がかかり、左手の手首から先はなく、とめどなく血を流している。どうやら脱走を試みたらしい。

(今日はエフェクトかからないの？)

きらきらと輝いてごまかしてくれたらいいのに、再生するときにしか出てこないらしい。統一してほしい。

「もう石みたいな硬いごはんはやだ」

「あらあら、パパったら。そんなんじゃや、カルシウム摂《と》れないでしょ」

天然山田母は、ふりふりのエプロンをしたまま出てきた。

(石みたいなごはん)

由紀子は母親が山田母に言ったことを思い出す。食事に貝殻を混ぜられているようだ。鶏《にわとり》さんにはカルシウムをあげればいいが、山田父は卵を産まない。

由紀子はそっと玄関の扉を閉め、壁に寄りかかって深いため息をついた。

室内が静かになったところで、再び扉を開けると、そこには可憐な美少女が立っていた。

マカロンに糖蜜をかけたような格好をしている。かなり人を選ぶ服装だが、東洋人離れした顔立ちにはとても似合っていた。正直、嫉妬するくらい可愛かった。

「やあ、日高さ……」

聞き覚えがある声だったので、由紀子は無言で扉を閉めた。

由紀子は大きく息を吸って吐いて、まずどれからつっこみを入れるか、指を折って数えた。


大きな老舗《しにせ》ホテルの前で、由紀子たちが乗った車は停車した。

「じゃあ、連絡くれれば迎えに行くから」

と、山田姉は去って行った。

由紀子の隣には、人形のような女の子、もとい人形のように手足を外せる男の子がいる。父親の真似をして、手首を取ろうとしたところ、山田姉から拳骨《げんこつ》を食らっていた。

(なんとかするってこういうこと?)

山田姉は弟を女の子にすることにしたらしい。たしかに、これなら間違って知り合いに見られても不死男と気づかれないだろう。

しかしながら、よそいきを着た由紀子よりよっぽど可愛いので、殺意に似た嫉妬がこみ上げてくる。まあ、首を掻《か》っ切ったところで本人は平然としているだろうが。

山田姉本人は常識人に見えるが、それは山田家において相対的に見てのことであり、やはり一般の感性とは、ずれている。

「早く入ろうよ」

見る者をほんわかさせる笑みを浮かべて、山田少年、いや山田少女が言う。

由紀子がスマホを見ると、十二時まであと五分だった。ランチバイキングの後はケーキバイキング。ここにいる二人の小学生が略奪者だとホテル従業員の誰も思うまい。

由紀子はバイキングチケットと山田のお小遣いを山田姉から預かっている。現金を他人に預けるのはどうか、と言ったら、

「不死男に持たせるほうが危ないわ」

と、説得力ある言葉をかけてくれた。

（金持ちだよな）

万札三枚が入った封筒はトートバッグに入れてある。由紀子にとってお正月くらいしかお目にかかれない額だ。

由紀子はホテルのラウンジに入ると、チケットを見せて半券を預かる。連休中なのでそこそこ人は入っていた。

案内された席に着くと、由紀子は山田の前にあるフォークとナイフと箸を奪い、スプーンとティースプーンだけ置いた。

（普通、箸が危ないものなんて認識しないんだけど）

この少年にかかれば、鉛筆さえ死亡フラグに見える。

「取ってくるから、動かないで。何が食べたい？」

「カルボナーラとシーフードマリネと、パンはバターとアプリコットジャムで、飲み物はミルクで」

「わかったから、絶対動かないでね」

「らじゃ」

敬礼をする山田を置いて、由紀子はトレイを二枚持ち、パスタコーナーに向かう。とりあえず、トレイにカルボナーラを山盛りにして、もう一枚に蟹《かに》のトマトソースを盛る。

ホテルマンが「食べきれる量だけお願いします」と視線を送るが、安心してほしい。

山盛りパスタを一度席に置く。

「先に食べてて」

と、山田に伝えると、次は持ってこられたばかりの焼き立てパンを皿にのせられるだけのせる。サラダ、マリネも同様に、肉類も忘れない。

「マナー違反でしょ。食べきれるだけ取ってちょうだい！」

どこぞのおばさんから、注意された。

「あちらが連れです」

由紀子はするんするんとパスタを掃除機のように吸い込んでいく山田を指す。スプーンとティースプーンでどうやって食べているのか謎だが、食べていた。

「……」

おばさんもひたすら食べ続けて皿を空にしていく美少女を見ると、納得して何も言わなくなった。

由紀子がいくら持ってきても、山田が食べてしまうので、なかなか口に入らない。仕方ないので、ホテルマンに切る前の食パンを一斤《きん》のせてもらい、山田に与えた。長さ五十センチもあればしばらく持つだろう。

由紀子はようやく落ち着いて食べられるようになり、テーブルに並んだ皿をどんどん片付けていく。

顔をほころばせてひたすら食べる。山積みになった空の皿をホテルマンが驚きの顔で片付けていくが、そんなの気にしない。

テーブルの上が一通り片付いたところで、由紀子は二巡目に向かう。ホテルマンどころか、周りの客も引いている。

(次もあるから、これくらいにしとくか)

パスタを山盛りにして、炭酸ジュースをジョッキについで席に戻った。

口の周りにトマトソースをたっぷりつけた山田に、紙ナプキンを渡す。山田はむぐむぐと口を拭う。

由紀子たちが食べ終えて一服しているのに、コックさんはまだ忙しく動いている。

「僕たちの他にも、たくさん食べる人いるんだね」

山田が見る方向に、由紀子たちに負けず劣らず皿を積み上げている席がある。由紀子もそちらを見ると、帽子とサングラスをかけたいかにも怪しげな男が、びくりと肩を揺らし、わざとらしくそっぽを向いた。

「……」

怪しすぎる男は、なぜだか恭太郎に似ている気がしたが、由紀子は気づかなかったふりをしてあげることにした。

ケーキバイキングにも怪しげな男はついてきた。ケーキバイキングは同じホテルの隣のラウンジで提供される。恭太郎似の男はひたすらモンブランを取っている。好きなのだろう。本人は目立っていないつもりだが、とても目立っている。弟を見張っているのだろうか、でも他に適任者はいなかったのか。

とりあえず、モンブラン男は無視しておこう。由紀子は、トレイにケーキ全種を二つずつのせて持ち帰る。制限時間は一時間、食べるだけ食べつくしたい。

さっきあれだけ食べただろう、とラウンジのホテルマンが見ているがそれはそれ、これ

はこれだ。甘いものは別腹である。

「次は好きなのとってくるから、どれ食べたいか言ってね」

美少女姿の山田はおいしそうに苺《いちご》のショートケーキを頬張る。頬に手を当ててみせる可愛らしい仕草に、殺意を覚えてしまう。

自分の典型的学級委員長的風貌を思うと、悲しくなってくる。髪形もそんなにお洒落《しゃれ》じゃない。勉強に邪魔にならない程度に肩で切りそろえているが、不死者になってからどんどん伸び始めた。

（私も髪を伸ばしたら少しは可愛く見えるかな？）

いや、それでも美少女山田には勝てない自信があった。

由紀子は、くやしさをごまかすように、苺のロールケーキを口にする。

（はふう）

由紀子はとろけるようににやけてしまった。山田がそれをにこにこと見ているので、崩れた表情を真顔に戻す。ただし、フォークは止めない。

（最近は、クリームばっかり持てはやされますが、ケーキの基本はスポンジだと思うのですよ）

しっとりした生地に満足しながら食べ続け、トレイが空になったところでレモンティーを飲む。

つけてくれるようだ。

「フォンダンは焼き立てで競争率が高いので二つまでらしいよ」

ちょうどパティシエが、熱々のフォンダンショコラを持ってくる。その場で、皿に盛りつけてくれるようだ。

由紀子はここでも山田に動かぬように伝えた。彼のことだ、自分で取りに行ったら、なぜかフォークが突き刺さって帰ってきそうで怖い。熱々のフォンダンショコラを被《かぶ》ってやけどしかねない。

由紀子は一通り食べると、あとはロールケーキと苺ショートばかり食べることにした。山田姉の言うように、おすすめのザッハトルテは美味しかったが、ロールケーキと食べると、味を殺してしまうので一つで終わらせておく。

ロールケーキを段重ねにピラミッドのように積んで四方にショートケーキを置く。ミントとクリームを盛られたフォンダンショコラを二皿、器用に片手で持って席に戻る。

「どしたの？」

山田が何かを見ていた。視線をたどってみると、隣のコーヒーショップで向かい合う男女だった。一人は優柔不断そうな男で、もう一人は険しい顔をした女だった。

二人は、深刻な話をしていた。

普通の人なら聞こえないはずの距離にいるが、不死者となった由紀子は、視力だけでなく聴力も上がっているらしい。

まあ、なんというか、別れないだの、籍を入れろだの、女が男に迫っているらしい。

昼ドラ展開に気まずくもどきどきしてしまう自分を情けなく思う。聞かなかったふりをして、ケーキに集中する。

しかし山田がよそ見しながら食べるので、溶けたチョコレートが服についてしまう。

「あー、もう」

由紀子はナプキンで山田の襟元を叩《たた》く。ふりふりのデザインで縫製も良く、値段は由紀子の普段着の十倍以上するだろう。もったいない。

「ちゃんと前を向いて食べてよ」

しかし、山田はよそ見をしたまま、立ち上がった。

「ちょっと、動かないでよ」

山田は由紀子の言葉を無視して、外へと出る。

「えっ、ちょ、ちょっと、山田くん？」

由紀子もたじろぎながらついていく。無視してロールケーキを食べたいところだが、ほっておくこともできない。

「ねえ、止まって。トイレ？　まだ時間があるよ」

「これから問題が起きそうなんだ」

「えっ？」

「このままだと、死人が出ちゃう」

山田の言葉の意味を由紀子は理解できない。

「いいから来て」

結局流されるまま、由紀子は山田に続く。

彼が向かったのは、さっき言い争っていたコーヒーショップのカップルの前だった。

いきなり現れた小学生二人に、修羅場の二人は怪訝《けげん》な顔をする。

「あんたたち、なんなの？」

メイクでごまかしているが、目の下にクマのはりついたおねえさんがにらむ。

「おねえさん、困ってるの？」

「困ってるけど、あんたたちには関係ないわ。どこかへ行って」

「でも喧嘩《けんか》してたよね？」

「それはこいつが甲斐性無《かいしょうな》しだからよ！」

コーヒーを飲みながら女は男の方を見る。男はいかにも優柔不断そうな顔をしており、へらへらと笑っていればことが終わると勘違いしているらしい。

「お嬢ちゃんたち、俺ら大切な話をしているんだ。向こうに行ってくれないかな」

そう言いながら、男の目はもっと話をはぐらかしてくれと言っている。

「甲斐性無《かいしょうな》しってお金ないことなんでしょ」

「そうよ、こいつ、父親になるって自覚ないんだから」

女は妊娠しているらしい。そういえば、ゆったりとしたワンピースを着ている。

見ず知らずの小学生二人に話すことではないが、そんな余裕もないらしい。

「だから、おろせって言ったじゃないか」

「なに言ってんの！　まだおろさなくていいって言ったじゃない」

「だから、あんときは金がなくて」

（ああ、修羅場だ）

由紀子は行き場のない自分をどうしようか、考えていた。何も考えずロールケーキを頬張りたかった。

「おにいさん、おねえさんがかわいそうだよ。責任とらないと」

第三者なのに山田は遠慮なしに言ってくれる。

「お金がないなら、作ればいいいんだよ」

「簡単に言ってくれるね、お嬢ちゃん」

にやにやしていた男が、不機嫌な顔に変わる。

「そんなに言うんなら割のいい仕事でも教えてくれるんだろうね」

口うるさいガキを黙らせるために意地悪なことを言っている。なかなか性格が悪いが、山田の言っていることは余計なお世話なので仕方ない。

「うん。おにいさん、たばこ吸わなさそうだし若いし、それなりに高く売れると思うよ」

なにやら、話がおかしい。山田以外の皆が首を傾《かし》げる。

「ねえ、なんのこと言ってるの？」

由紀子が恐る恐る山田に聞いてみると、

「臓器だよ。それが一番手っ取り早いでしょ？」

にこやかに言ってくれる。笑顔なのが逆に怖い。

「まあ、心臓とか無理でも、肝臓《かんぞう》は再生するし、腎臓《じんぞう》は二つあるから大丈夫だよ。まあ、あとで健康管理に気を付けないといけないけどね」

「いや、それ違法だし」

由紀子は突っ込みを入れる。

「ははは、冗談がすぎるよ」

男が笑うと、

「……なにが冗談よ」

女は椅子から立ち上がり、男の手を掴《つか》む。

「おろせってことは、一人の人間殺すことよ！　なのに、臓器の一つくらい大したことじゃないじゃない！」

女が目を血走らせる。

「ねえ、君。それ、どこの病院ならやってくれるの？」

「な、なに言ってんだ！」

「うるさい！　あんただけ逃げるなんて許さないんだから」

本気らしい女は、目を見開いて山田を見る。さっきから見ていると、女の方はかなり追いつめられているようだ。

「うーん。国内にはあんまりないから、知ってるのは一つ二つだけかな？　それか、こっそり臓器移植待っている患者がいるところに行くとか。もちろん違法だけど、蛇《じゃ》の道《みち》は蛇《へび》だしね」

にこにこと笑う山田を呆《あき》れた由紀子が見る。

山田は笑いながら、足元を指でさしている。

由紀子は視線を落とす。荷物入れの籠《かご》があり、女の鞄《かばん》が入っていた。鞄の隙間から、さらしに包まれた棒状のものが入っている。

由紀子はすんっと鼻を鳴らす。鉄の匂いがした。研《と》いだばかりの刃物の匂いだ。

（……包丁だよね）

背筋に汗を感じながら、由紀子は目をこらす。柄《え》の部分が見えるので間違いないだろう。いやはや、本当に昼ドラの修羅場だ。出刃包丁《でばぼうちょう》というやつだ。

「ああ、もう、なんで俺がそこまでしなくちゃいけないんだよ」

「じゃあ、私ひとりにかぶれっていうの⁉」

男女の口論に周りの人間が注目し始める。

ヒートアップした二人はおかまいなしだ。

「いつもあたしばっかり。あんたは、何とかなるって言っていつも無計画で」

「それはおまえもだろうが。大体、腹の子だって誰の子か……」

男は言葉を言いかけて、はっと目を開く。

言ってはいけないことを言ってしまった。

女は悔しそうに涙をとめどなく流し、

「殺してやる……」

と、つぶやいて振り返った。

（やばい）

由紀子は、咄嗟《とっさ》に女の荷物が入った籠を掴《つか》むと、床を滑らせた。

籠はフロントのカウンターまで滑っていき、中身をぶちまけた。さらしがほどけかかった包丁がお目見えする。

近くにいたホテルマンの足元に転がり、驚かせてしまう。

「……あっ。ほ、包丁って何する気だったんだよ！」

男は出刃包丁《でばぼうちょう》を見て、ようやく女がどんなに追い詰められていたか気が付いたようだ。そして、自分の命が狙われていたことを考えると、ぶるぶると震えだした。

女は足をもつれさせながらも、飛び出た包丁を取りに向かうが、傍《そば》にいたホテルマンが怯《おび》えつつもすぐさま拾う。

（ぐっじょぶ！）

女は奪い返そうとするが、周りに取り押さえられた。手足をばたつかせ、警備員にひっかき傷を作る。

「なんで、あの人が殺そうとしてるってわかったの？」

由紀子は率直に山田に聞いた。

「緊張した追い詰められた汗の臭いと、研《と》ぎたての鉄の匂いがしたんだ。よく母さんが、きれいに研いでるからわかるんだ」

由紀子も、この場所に来て包丁の匂いはわかった。でも、山田はあれだけ離れていたのに嗅ぎ取ったのがすごい。

しかし、山田母が包丁を研ぐ理由については、簡単に想像がついて怖い。とれたて産地直送をやるためだろう。

それにしても、他人の危機がこれだけ感知できるのなら、自分の危機くらい避けられないのだろうか、と疑問に思う。死ぬことに関しては、ナマケモノ並みに抵抗がない気がする。

「おい。逃げたぞ！」

「捕まえてくれ！」

由紀子がそんなことを考えているうちに、例の女は警備員から逃げ出していた。思い切り噛《か》みついたらしく、警備員がぽたぽた血を流しながら、腕をおさえている。

追い詰められているだけあって、手段を選ばない。

女は必死の形相《ぎょうそう》で走っていく。運の悪いことに、エレベーターがちょうど到着した。乗っていた客を蹴り出して、女はエレベーターを閉める。高層階用エレベーターだった。

「僕、おねえさんについていくよ。由紀ちゃんは、お外でできることお願いするね。たぶん高層の屋外スペースに向かうと思う。何しようとするのかわかる？」

「ええっと、飛び降りるとか？」

犯人は崖の上や屋上で自白するってやつだろうか。

「可能性は高い。かなり自暴自棄になっている。下は大通りになっていて、二次被害も考えられる」

的確なことを述べる山田は別人のようだった。あの天然死亡フラグとは思えない。

それにしても、いつのまに『由紀ちゃん』になったのだろう。山田姉がうつったのか。

（あれ？）

山田の目を見ると、猫の瞳孔《どうこう》そっくりになっている。人間ではありえない、縦線を一本ひいただけの獣の目になっていた。

琥珀色《こはくいろ》というより、赤みを帯びた金色に輝いている。

「もうせっかくのデートが台無しだよね」

(何言ってるんだ、こいつ)

山田は由紀子を置いて、到着した隣のエレベーターに乗り込む。

由紀子は混乱しながらも、山田の指示に従うことにした。

由紀子はホテルを出るなり、隣のビルのテナントを見る。寝具店らしく、ウインドウには大きなビーズクッションと寝具一式が飾られていた。

(なんとかしなくちゃ)

由紀子は店に入ると、作業途中の店員を呼びつける。

「すみません、こちらにあるクッションや枕、布団なんかあるだけください」

由紀子はトートバッグの中のお金を全部出す。自分の財布もひっくり返す。

「足りない分はあとで払います。すぐお願いします」

(たぶん、山田姉が払ってくれると思う)

店員はいぶかしみながら、封筒を確認すると、

「少々お待ちください」

と、バックヤードに消えた。

由紀子はもたもたする店員にいらいらした。小学生女子の言葉では全然説得力が足りないのか。たぶんお金も全然足りない。

由紀子の目には、ホテルの屋上の展望テラスでなにやらもめている人影がうつっている。周りの人間は気づいていない。常人の視力では豆粒ほどにしか見えない。

（早くしてよ！）

不死化とともに格段に上がった由紀子の視力は、半狂乱の女をうつす。傍《そば》にいるのは、山田と騒ぎに気付いたホテルマンだった。

女がフェンスに足をかけ、乗り越える。さっきの逃走劇といい、かなり身体能力が高い女性だ。

（間に合わないよ！）

由紀子は店を飛び出し、ショーウインドウの前に立った。そして右手に力をこめると、手の甲をガラスに打ち付けた。血管の浮かんだ右手は、信じられないくらいいともたやすく、ウインドウを粉々にする。

周りが驚きで金切り声をあげているのを無視し、飾られていたギフト用の布団とクッションを掴《つか》み、マットレスを抱える。由紀子の手足はガラス片で傷がついてところどころ血が出ているが、痛みは感じなかった。

(間に合わない)

由紀子が視線を屋上に戻したとき、すでに女の身体は宙に浮いていた。

しかし、その女の身体に飛びかかり、抱きかかえる者がいる。

(山田くん!)

由紀子の周りの時間がゆっくり進む。

山田は女を抱えたまま、空中で身体をそらせ、空いた左手をホテルの壁につける。重力に逆らえず落ちていく身体と、それを摩擦によっておさえようとする左手。まるでおろしがねにかけられた林檎《りんご》のように、山田の左手は削られていく。

「どけー!」

山田らしからぬ、荒い声だった。

割れたショーウインドウを見る通行人は、ようやく空から落ちてくる二人に気付いた。

由紀子は、山田がちょうど落ちてきそうな場所に向けて特大クッションを投げた。通行人の身体を吹っ飛ばしながら、予想した着地地点に落ちる。自身も足の筋肉を引きつらせながら走って、残りの布団とマットレスを運ぶ。

(間に合わない)

山田が庇《かば》っていても、あの高さから落ちたら女も無事では済まないだろう。クッションの上に落ちたとて、どれだけ衝撃が軽減されるかわからない。だが、なにもしないよりはマシだった。

山田が壁に身を削られながら速度を落としているが、間に合いそうにないそんなときだった。

「苦情は後で聞く」

由紀子は、いきなり襟首をつかまえられて、身体が宙に浮くのがわかった。彼女はふとんとマットレスごと投げられた。

宙を飛んで不安定な中で見えたのは、サングラスに帽子姿の恭太郎その人だった。

ふわんと体が浮かび、ぼすんと着地する。

着地地点はちょうどさっき投げたクッションの上だった。

由紀子はクッションをマットレスの上に載せ、抱えた布団の隙間から上を眺めた。

(間に合った?)

現在落下中の山田がにこりと笑う。

そのさわやかな笑みにつられて由紀子も笑う。

山田が擦《す》り切れた左手を女性に回し、柔らかく包み込む。右足で壁を蹴り、着地点を調整する。

由紀子は落ちてくる山田たちを見上げながら、あることに気が付いた。

由紀子がいるのは、マットレスと布団の間。その真上の空中には、山田がいる。

不幸なことに、マットレスは由紀子の下にあった。体の上の布団ひとつでは衝撃は吸収できない。

『あっ……』

間抜けな声が二つ重なってすぐ、由紀子の胴体に布団を挟んで山田の頭部がめりこんできた。内臓が圧迫され、折れた肋骨《ろっこつ》が刺さる感覚がした。口から血が噴き出し、鼻血も出ているだろう。

(ああ、この服もう着られないや)

どうでもいいことが頭の中を巡った。

次の瞬間、意識がぷつりと消える。

由紀子は死亡した。

7　もう一度、死にたくなるとき

目が覚めて最初に思ったことは、

(疲れた)

だった。

次に思ったことは、

(お腹空《なかす》いた)

だった。

由紀子は、自分が毛布に包《くる》まれていることに気付く。身体を動かそうにも動かせない。身体が固定されているらしく、搬送用の担架に括《くく》り付けられていた。

周りを見ると、不思議そうな顔でこちらを見ているヘルメットをかぶったおじさんたちがいた。

心拍数を測る機械が、何事もなかったように動いている。

「……」

「……すみません。もう大丈夫なので帰りたいんですけど」

そんな言葉をかけたときだった。

「な、なんだ、君」

救急隊員を押しのけて入ってくる影が一つ。エリートサラリーマンふうの男、すなわち山田兄だった。

「こういう者です。人外《じんがい》特殊事例保護法によって守秘義務が発生しますので、この場は私たちが預かります」

山田兄が救急隊員に手帳のようなものを見せると、隊員たちは驚いた顔で山田兄を車内に入れた。

「すみません。まさかこんなことになるなんて」

山田兄は、由紀子に名門ホテルのホテルマンも真っ青の角度百二十度のお辞儀をする。狭い車内でなければ、額をこすりつけて土下座しそうな勢いだ。

（いや、ふつうこうなるとは思わないし）

バイキングに行ったら空から自殺志願者が降ってくるなどと、誰が思うだろうか。まあ、致命傷を与えたのは山田のどたまだったが。

「けっこう死ぬのって簡単なんですね」

痛みを感じるよりも先に意識が消えていた。由紀子としては、山田父の赤身肉を食べたことに比べると、大した衝撃でもなかった。

（山田くんが平気で死ぬ理由がわかった気がする）

これはいけない傾向だと由紀子は思う。人並みに死には抗《あらが》いたい。決して慣れちゃいけないことだ。

「今日のことは、私にも責任があるので」

着地点にのんびりしていた由紀子が悪い。気にされても困る。

ただ、山田の頭がめりこんだせいで、お腹《なか》いっぱい入っていたランチやケーキは消えてなくなったように思える。謝られるよりも、拘束された身体を解いてもらいたいと言ったら、ベルトを外してくれた。

どうやら血止めをされていたらしいが、傷跡は何も残っていない。衣服を見ると、血糊《ちのり》がこびりつき、ところどころ破れている。考えたくないが、折れた肋骨《ろっこつ》が飛び出たのだろう。

山田の時も思ったが、再生する際、流れた血液すべてが身体に戻るわけじゃないらしい。少しずつ目減りしていくのだろう。

「とりあえずそのままでは、あれなので」

と、山田兄は紙袋を差し出す。中には買ったばかりの服が入っていた。

「趣味いいですね」

変な含みはない。流行のガールズブランドで、雑誌に紹介されていたものの色違いだ。

中高生向けブランドだが、少し背伸びしたい由紀子のお年頃には垂涎《すいぜん》の一品だ。

（このまま貰《もら》っていいよね？）

と、由紀子はちゃっかりしたことを考える。ついでに下着も準備してくれたら助かったが、殿方にそこまで望むのは無理だし、何より恥ずかしい。

「あと、これ。よかったら飲んでください」

と、山田兄はごとりと何かを置く。

山田兄は由紀子が着替えるのに気を使って、隊員とともに車から出た。

由紀子はうきうきしながら、新しい服に袖を通す。鏡がないのが残念だ。キャミにあしらわれたレースが可愛い。輪ゴムを取り出して前より長くなった髪をくくり、ポニーテールにする。

（シュシュと合わせるとかわいいだろうな）

ぼろぼろの服を紙袋に詰め込み、外に出ようとすると山田兄が置いて行ったものに気が付く。由紀子は目を細めて、「よかったら飲んで」と言われたものを掴《つか》んだ。

「えくすとらばーじんおりーぶおいる？」

それはどう見ても、カレー以上に飲み物ではなかった。

由紀子が救急車から降りると、急を聞いて駆け付けた山田姉に土下座され、隣にはぼこぼこでぼろぼろになった恭太郎が足蹴にされていた。土下座をしながら、弟を足蹴にしている山田姉は器用だ。

山田姉に、山田兄から貰ったオリーブオイルについて聞くと、

「あきれた。こんなの飲めないでしょ」

と、業務用バターを渡された。さらに、意味不明である。

ぼろぼろの顔を再生させながら、恭太郎は混乱する由紀子に説明してくれた。

「肉体の再生には異常なくらいカロリーを消費するんだ。だから、手っ取り早く油脂をとるのが基本になってる」

と、説明してくれた。ついでに、大きな板チョコをくれる。お菓子作り用だろうか。グラム数を見てみると千グラム、カロリーで五千オーバーだった。

「これなら食べられます」

素直に受け取る由紀子を見て、ショックを受けた顔をするのは山田姉と兄である。悪いが、オリーブオイルの一気飲みもバターの丸かじりも遠慮したい。

勝ち誇った顔をする恭太郎を、山田姉はハイヒールで踏みつける。痛そうな顔をしているところを見ると、痛覚はちゃんと残っているらしい。

周りを見回すと警官だらけで、立入禁止のテープが巡らされていた。

救急車のサイレンの音が鳴り響いている。

（あの女の人、無事なのかな？）

由紀子の表情を読み取ってか、山田姉がにっこり笑う。

「無事よ。流産もないみたい。本人にとっていいのか悪いのかわからないけど」

由紀子は、大きく息を吐いて、身体の力が抜けるのを感じた。貰《もら》ったチョコレートを食べると、体に染みわたるようでいつもよりおいしく感じた。

（そういえば）

由紀子はチョコレートを食べ終わると、もう一度あたりを見回す。

「山田くんが見えないようですけど？」

由紀子の質問に、山田姉は優しげに微笑《ほほえ》む。

「あの子もちょっと疲れたみたい。先に帰っちゃったの」

なんだか由紀子はその物言いが、奥歯になにか挟まったように感じた。

「代わりのこいつが不死男の分まで土下座するから」

と、ハイヒールで恭太郎の頭をぐりぐりする。黒い革製の水着みたいな服を着たらよく似合いそうだ。軍帽と鞭《むち》も忘れてはいけない。

「ずみません。なげでじまいまじだ」

「気にしないでください」

地面に顔面をこすりつけられて苦しそうな恭太郎に、由紀子はそう答える。

別に投げられたことを気にしていないし、そのおかげであの女性が助かったと思えばむしろ礼を言いたくなる。

「こちらこそ、ありがとうございます」

由紀子の礼に、恭太郎は驚きの顔を見せる。

「なんで礼を言うんだ？」

「自己満足に付き合っていただいたので」

由紀子の本心である。

きっと助かったあの女は、由紀子たちのことをおせっかいだと思うだろう。死にたい人間を無理やり助けたのだから。

由紀子があの女性を助けようと思ったのは、山田の言葉を聞いたからだけじゃない。ただ、自分のそばで死なれると気持ちが悪いからだ。

自殺でもなんでもするのは勝手だけど、自分の前でやらないでいただきたい。

誰がその後始末をする、それをわかってもらいたい。

人間が死ぬということは、気持ち悪いことなのだ。

由紀子が山田をなんだかんだと気づかっているのもその点にある。

よみがえるからって死なないでくれ、後始末が大変だし気持ち悪いから。

ただ、それだけ。

（今回は自分が死んじゃったけど）

由紀子は一日の摂取カロリーに十分すぎる量のチョコを食べたが、まだ足りないらしい。せっかく食べたバイキングのカロリーはすべて再生に利用されたらしい。

「あの、もうチョコはないですか？」

由紀子の言葉に、恭太郎はもう一枚製菓用チョコを出す。それにしても、不死男もだがどこから物を出すのか不思議である。

「由紀ちゃん、とりあえず帰ろうか」

「はい」

由紀子は板チョコにかぶりつくと、山田姉の車に向かった。

○●○

恭太郎は顔についた埃《ほこり》を払うと、目線をホテルのラウンジに向ける。そこから、左袖がぼろぼろになった服を着た美少女がやってくる。

呆《あき》れた趣味だ、と恭太郎は思う。

「……もう帰ったよ、フジオ」

少女ことフジオはにこりと笑い、恭太郎の前に立つ。その眼は、ネコ科動物のようだ。

赤みがかった金色をしている。

「兄貴、で、いいんだよな？」

「そうだよ」

美少女の姿をしながら、その声は成人男性のものであった。まだ細いはずの喉が、クルミが詰まったかのように飛び出ている。そこだけ、作り変えているのだろう。

恭太郎は知っている。今、目の前にいる不死男は、不死男でありながら不死男ではない。姉と兄は事後処理で忙しく、気づいているのは恭太郎だけのようだ。

「久しぶりだな。十年ぶりくらいかな」

と、フジオは己《おのれ》の身体を観察する。女物の服を着ていることに苦笑しながら、弟たる恭太郎を見る。

そうだ、恭太郎は弟。目の前にいるフジオは、山田家の四人の子どもたちの長子であり、最も不死王の血を濃く引き継いだ者だ。

正しくは『富士雄』と書く。古くさい名前だが、生まれが古いのは事実なので仕方ない。

「まだ、あれから私の肉は戻っていないようだね」

「探しては、いる。親父もおふくろも基本目立つから、気が付かないわけないいんだけど」

「仕方ないさ。ということは、父上も母上も変わりないようで」

「兄貴と同じようにまだらボケやってるよ」

ごくたまに、父母はいまのフジオと同じように、昔と変わらぬ行動、言動をとる。何がきっかけかはっきりしないが、下の兄アヒムの予想だと、フジオの成長と関わっているのだという。

いや、成長というのはおかしな表現だろう。フジオの身体が大きくなるとき、それはすなわち奪い去られた肉が元に戻ることを示しているのだから。

兄弟の長子でありながら、末子として扱われるのは、縮んだ肉体に合わせて精神も巻き戻っているからだ。

幼き姿の兄は、ホテルの前の植え込みの端に座り、深いため息をつく。

おそらく、由紀子という少女のことを思い出したのだろう。

「別に本人は気にしてないようだけど」

「そういう問題じゃない」

フジオは不可抗力とはいえ、由紀子を殺してしまったことに罪悪感を抱いている。自分が何をされようと笑ってすませる性格なのに、他人に害を加えてしまった場合、すこぶる落ち込んでしまう。

損な性格をしている。

そして、この性格は生まれつきらしく、いつもの不死男でも今の富士雄でも、同じように落ち込んでしまう。

「あとで自戒のために、拷問してくれ」

「俺の領分じゃないので、姉ちゃんに頼んでくれ」

「じゃあ、テレジア法の拷問マニュアルで頼むと伝えてくれ」

フジオはそう言うと、目を瞑《つぶ》る。次に目蓋《まぶた》を開けると、獣のような目はリスを思わせる瞳に変わっていて、恭太郎に言った。

「兄さん、お腹空《なかす》いた」

富士雄は去り、不死男が戻ってきた。

恭太郎は板チョコを出そうとしたが、すでに由紀子にあげてしまってもうない。仕方ないので、近くにあったオリーブオイルとバターを渡す。

不死男はオイルを一気飲みし、バターを丸かじりする。見ているだけで恭太郎はげんなりした。


その日の夜、恭太郎は仕事から帰ってきた兄ことアヒムを呼ぶ。ホテルの騒ぎの後始末で遅くなったのか、時間は午後九時を過ぎていた。

「なあ、兄貴。姉貴もだけど、日高さん家《ち》のお嬢さんをどうする気なんだ？　由紀子ちゃんだっけ？」

恭太郎は、眼鏡をくいっと上げる兄を見た。恭太郎は由紀子という少女を観察するよう日の尾行は、オリガに頼まれたものだったのだ。

恭太郎は、姉と兄に比べると由紀子と会話すらろくにしていない。よく知らないが、今日見る限りではかなり頭がいい子どもに見えた。

「どうって、何がだ？」

曖昧《あいまい》な質問に、兄ことアヒムは聞き返す。山田アヒム。変な名前だが、生まれたのが父が欧州にいたころなので仕方ない。不死王である父に人種はなく、生まれた場所によって子どもの名前を決めている。

「礼儀正しい子だと思ったよ。頭もいいし、年齢の割に大人びている。というかわきまえているタイプかな。今日のことも冷静に受け止めていた」

恭太郎にとっても、日高由紀子という少女は、そのように見えた。あと、不死者になる前はどうか知らないが、大変スルースキルが高いと思った。

「しっかりしていて、子どもっぽさは少ないかな。不死化した影響もあるだろうが、生来の性格だろう。まだ、不老不死がどんなものか理解していない感じはするな。死ぬことに忌避感はあるが、冷静に現実を受け止めている」

「小学生っていったらもっとくそ生意気で、感情でわんわん泣くタイプだと思ったけど、全然違うな」

恭太郎はソファで胡坐《あぐら》をかく。

過去二回、恭太郎は、後天的に不死者となった者を見た。

ある者は喜び、ある者は絶望した。

喜んだ者は後に自分を選ばれたものと勘違いし、結果、不死者でありながら死を迎えることとなった。

不死者という名を持つが、不死に近いだけで、死なないわけではない。再生能力は、最低限肉体の細胞が生き残っていることが条件である。また、再生回数も個体によって異なる。不死王の実子である恭太郎たちは、生まれたときから不死者だ。だが、父である不死王ほどの再生能力はなく、幾度となく死を繰り返すとおそらく死ぬ。

不死男が定期的に、父たる不死王の血肉を食らうのはそのためである。

残虐な所業が無数に語られる不死王は、一方で慈愛の王だ。

天然トリオはすでに就寝している。眠っている間は、何も起こらないから平和だ。

「なーに話してんのよ？」

弟二人の会話に風呂上りの姉ことオリガが入ってくる。名前については、以下同文だ。

ソファに三人掛けだと狭いので、アヒムが隣の一人掛けソファに移動する。

「日高さんについてです」

「ああ。日高さん、由紀ちゃんのことね？」

「そうです。今日は大変だったんですよ？」

「悪かったわよ。まさか、あんな事件に巻き込まれるとは思わないでしょ？」

「巻き込まれるも何も、フラグがなければ立てるのが我が家じゃないですか」

「そりゃそうだけどー」

姉の乾かしたばかりの柔らかい髪がくすぐったく揺れるので、恭太郎も身体をずらす。

長姉は偉そうに足を組む。

「面倒見いいわね。危機管理能力が高いのか、不死男が何かやらかす前に動いてくれているようだわ。今日のことはさすがに残念だけど」

「姉貴」

恭太郎は真剣な顔を姉に向けた。

「なあ、不死男のことなんだけど……、その子に任せる気だろ？」

恭太郎の言葉に、オリガとアヒムは目を見開く。

「えっ？　なんのことかしら？」

「そ、そうだぞ。何を言っている？」

オリガだけでなくアヒムもうろたえる。

「とぼけたところでわかっているからな。老いた祖父母を介護させるために、介護資格を持つ女性を嫁にする最低の夫とやってること変わりないからな」

ぼそっと口にした言葉に、オリガとアヒムはクリティカルヒットを受けたのか、のけぞる。

「恭太郎。たとえがリアルすぎるぞ」

「間違いねえだろ」

恭太郎はソファから立ち上がると、業務用冷蔵庫から牛乳パックを取り出してじかに飲んだ。

「まー、言っておきながら、俺も別に反対はしねえけど」

「なら、問題ないでしょ！」

「姉貴、開き直ってるな」

恭太郎は呆《あき》れつつ、飲み干した牛乳パックを潰す。

「俺だって、何も考えていないわけじゃねえよ。由紀子ちゃんは、これからずっと不死者として暮らしていく立場だ。だって、親父はあんなんだし、人間には戻れねえだろ？　いつか人間としての生活を捨てなくちゃいけないとき、俺らとは長く付き合っていくことになる。だから、不死男と仲良くさせておこうって思ってんだろ、姉貴？」

恭太郎は大きく息を吐くと、ソファに座った。

「今日、兄貴の富士雄が戻ってた」

「ほ、本当か？」

「えっ、嘘《うそ》!?」

アヒムとオリガが身を乗り出す。

「だけど、すぐ元の不死男に戻った。由紀子ちゃんのことを巻き込んでたのを、気にしていたぞ」

「兄さんは、人一倍優しいからな」

「優しい、な」

その優しさが厄介だと恭太郎は知っている。

「富士雄兄貴が元に戻らないで今のガキのまんまで、親父やお袋も今のままだとどうなる？　そう思って、姉貴は保険を作ろうとしているんだろ？」

恭太郎は知っている。父と母が昔はあのような性格でなかったことを。長い長い年月を生きることによって蓄積された負の感情に押しつぶされないために、脳が彼らをあのようにしてしまったことを。

恭太郎が幼い頃の父母と不死男は、あのようなめちゃくちゃな性格ではなかった。

そして、彼らをあのようにした最後の要因は――。

「富士雄兄貴の優しさのせいで、親父たちは壊れたままだ」

壊れたものは戻らない。だけど恭太郎たちは、富士雄が元に戻ることで何もかも戻ると信じている。

でないと困る。

人外《じんがい》の中でも、不死者の一族はそれだけ重要な位置に立っていた。

いつしか自分らもそうなってしまうのかと思うのが、オリガ、アヒム、恭太郎の三人の不安だ。だからより若い不死者に、いつか自分たちが今担っている役割を果たせるようにしてもらいたい。

あくまで山田家の話だが、不死者全体にも波紋が広がる。

オリガはその役割に由紀子が立てるかどうか観察していた。

遠い未来を見越しての話だ。

姉と兄はしばし沈黙する。大きく息を吐いて静寂を破ったのはオリガだ。

「まだ数十年どころか、数百年先よ。下手すれば千年。私たちはまだまだ正気でいる。それまでに、お父さまたちには元に戻ってもらわないと」

「ええ。他力本願はよくありません」

「そうかよ……。なあ、不死男は、戻るのか？」

オリガとアヒムは黙る。

それが答えだと、恭太郎は思った。

○●○

「ふふふ、へへへ」

風呂上がり、由紀子は廊下に置いてある姿見の前に立つ。くくった髪の根本に、赤いシュシュを着ける。

死んだことよりも、新しい服に喜んでいる自分がいる。我ながら現金だと、由紀子は思う。

ふわりとスカートをひるがえして、鏡の前でにっこり笑う。

「まじ、きめえ」

鏡の端っこに、呆《あき》れた顔をした兄が映っていた。

由紀子はフリーズし、廊下にうずくまる。

もう一度、死にたくなった。

8　母はなんでも知っている

「なんか避けられてない？」

「なんか避けられてる気がする」

彩香の言葉に、由紀子は同調する。誰に、と言われると、死亡フラグぶち当たる食いしん坊不死者、山田くんだ。

今日も、彼は四次元空間につながっているランドセルから、大きなアンパンと卵を五個以上使っているだろうパニーニを出して完食していた。地味に焼き立てのいい匂いが漂ってくる。

「すごいね、どっちも」

彩香は山田を見、そして由紀子を見た。

「まだ二時間目の休み時間なのにね」

彩香に言われて、由紀子はぎくりとする。由紀子が手に持つサッカーボールのようなおにぎりはもう半分の大きさになっていた。

半眼の友だちの視線が痛い。

本当なら、チョコレートといった高カロリーのものがよいのだが、ここは学校なので菓子類の持ち込みは禁止である。だからとて、バター丸かじりもお断りだ。

ここ最近、由紀子は山田に避けられているような気がしたが、気のせいではなかったらしい。

由紀子と山田の接触は、移動教室や実験、家庭科の実習など、座学以外での面倒を見ることくらいしかないのだが、やんわりと離れられている気がしたのだ。

(だからなんだ、っていうんだけど)

むしろ由紀子にとって面倒事がなくなっていい、と思う。好都合だ。

ただ、気になるのは。

(連休明けからだよね)

正確には、あのホテルバイキングの一件からだ。

由紀子は思い当たる節がないか、首を傾《かし》げた。


五時間目の授業は、算数。授業参観のため、教室はなんだか浮足立っている。

由紀子は嗅覚が鋭くなったため、化粧と香水の匂いで頭がくらくらしている。

問題児たるボスゴリラこと皆本は、一身上の都合で転校していったため、去年の授業参観に比べるとずいぶんお利口さんな風景だ。皆本という隠れ蓑《みの》があるからこそ、好き勝手に授業中にスマホをいじったり、騒ぎ立てたりしていた半端な小心者が多かったのだ。

(去年の授業参観、なぜか、書道だったんだよな)

どう見ても失敗だ。前の担任が達筆で賞をいくつも取っている人だったからだろうか。

水差しを水鉄砲代わりにして遊ぶクラスメイトに、由紀子は怒鳴ったが、聞く耳持たずで、保護者の着物に墨汁のシミをつけることとなった。その先生は、六年生になる前に退職している。今は実家で書道教室を開いていると聞いた。

今年は無事にすむと思っていた胃炎持ちの若い男性教師は、顔を青くしながら教科書の問題を黒板にうつしていた。

まあ、何をそんなに怯《おび》えているのかわからなくもない。

教室後方に並ぶ二十数名の保護者集団、真ん中は不自然に割れている。まるで、海の水を割る奇跡を起こす聖者のように、その中心に立つのは、人間離れした美貌を持つ不死の王と、その妻たる愛らしい女性であった。その身長差は、三十センチはある。どこかちぐはぐな雰囲気だが、仲の良さは初対面でもわかる。

人目もはばからず、腕を組んでいた。到底、小学生どころか成人した子どもがいるとは思えない風貌をしている。というか、その子どもも人間のギネス記録の何倍生きているかわからない。

ついでを言えば、あからさまに怪しいサングラスに帽子をかぶった若者が、ちらりちらりとその仲睦まじき夫妻を見ている。若者はいかにも最近の若者ふうな格好であり、どことなく隠しきれない駄目な大人臭がする。

（監視役も大変だな）

恭太郎に哀《あわ》れみの目を向ける由紀子。その視線に気づいたのか、帽子を目深《まぶか》にかぶりなおす。

奥様がたの様子から、山田一家のことは知れ渡っているらしい。ひそひそと、口もとを隠しながら噂話《うわさ》をしている。もちろん、知らなくてもあれだけ目立つ夫婦なら、噂にもなろう。

『さすがは人外《じんがい》ね。若くてうらやましいわ。それに身の毛がよだつほど綺麗《きれい》ね』

『でも、生き血をすするんでしょ？　恐ろしくない？』

『そういえば、旦那さんのほう、一昨日、ダンプに轢《ひ》かれてたって、隣の奥さんから聞いたんだけど、元気そうじゃない』

『えっ？　私は、工事現場から鉄骨が落ちて直撃って聞いたんだけど。一週間くらい前？』

由紀子の耳に嫌でも届いて来る。さすが山田父だ。いっそ外出しないほうが、本人と周囲のためだろうと由紀子は思う。不死王なのに、死神が取り憑《つ》いている勢いである。

（たぶん、丸聞こえですけど）

由紀子が聞こえているのなら、山田夫妻の耳に届かないわけない。山田父、山田母は、いつもどおり穏やかな笑顔で、ほんわかと授業風景を眺めている。まったく気にしていない。

山田も山田で、にこにこしながら授業を聞いている。

由紀子の母は、来るのが遅かったらしく、廊下から教室を眺めていた。そして、山田夫妻に気が付くと、他の保護者に頭を下げながら教室に入り、空いた空間に陣取る。

山田母とはママ友同士なので、にっこり挨拶をし合う。

その様子を、他の保護者は怪訝《けげん》そうに眺めている。

「じゃあ、練習問題を解いてもらおうか。わかる者、手をあげろ」

担任の言葉に、由紀子は申し訳程度に手を挙げた。


ホームルーム後、母が廊下で待っていた。

「もうちょっと元気よく手を挙げないと、先生に当ててもらえないよ」

「別に、そんなつもりないし」

保護者は、このあと開かれる懇談会に参加するのが通例だが今日はないらしい。まあ、理由はなんとなくわかる、と由紀子はほんわかした美形家族を見る。

由紀子の母はいつもの泥まみれの姿じゃなく、灰色のパンツスーツを着ていた。胸にコサージュをつけているだけましだが、他の保護者に比べて地味だ。学会によく着て行くスーツで、ほんのり樟脳《しょうのう》の匂いがした。

母は今でこそ農家のおばちゃんであるが、一応博士課程を終えた才女だったりする。今も大学で教鞭《きょうべん》を執っているし、学会にもたまに出ている。

「農業はビジネスよ」

というのが母の持論であり、もうからないイメージの強い農家でありながら、そこそこ黒字を出している。まあ、もとは大地主なので、飛び地に建てたマンションと駐車場の収入もあるので、あまり頑張って仕事する必要もないのだが。

「由紀ちゃん、帰りご飯食べて帰るよね？　おじいちゃんたちも外食してくるっていうし」

スマートフォンを鞄《かばん》に入れ、母が聞いてくる。

ご飯と聞いて、由紀子が断るわけがなく二つ返事で答える。

「そうか。今日は、山田さんちと一緒だけど、不死男くんと仲良さそうだし、問題ないわね」

由紀子の顔が引きつった。

「ちょっ、わ、悪いよ！　せっかくだし二人で食べようよ！」

「駄目よ。もう約束しちゃったし、電話でお店も予約したもの」

母は話を聞く気はないらしく、由紀子は呆然《ぼうぜん》とするしかなかった。

「あらあら、ママは和食は久しぶりだわ。お刺身をとりあえず舟盛りで三つ、天ぷら盛り合わせも三つ、生《なま》大ジョッキで。あとライスじゃなくてパン系のものがあると嬉《うれ》しいんだけど」

「パパは、アボカドサラダ五つ。かき揚げ丼を三つ。あとマンゴージュースがあると嬉しいのだ。大きいコップでお願いしたいのだ」

「俺、牛丼五つ、あっ、飲み物はピッチャーでウーロン茶を一つ、オレンジを一つ」

「私は海鮮丼三つに、ぶりかまと、たこわさと、馬刺しも三つずつ。コーラをピッチャーで」

「私は生中ジョッキ、出し巻き卵と今日のおすすめ御膳《ごぜん》で」

座敷に二家族六名が座る。恭太郎もちゃっかり参加している。尋常でない量の注文にアルバイトのおねえさんは、泡を食っている。

母の行きつけの居酒屋で、雰囲気としては小料理屋に近い。そんな店にフードファイターのごとき一団が来たのだから、たまったものではないだろう。

「ほんとに、みなさんいっぱい食べるのね」

母は、山田家の尋常な食欲にさほど驚いていない。由紀子の食事風景に慣れてしまったのだろうか。

「不死男くんは頼まないの？」

山田はうつむいて座っていた。

「じゃあ、こいつにも海鮮丼五つたのむ、さび抜きで」

恭太郎が、アルバイトのおねえさんに追加をたのむ。おねえさんは、丼ものがいくつだったか、指で数えなおしている。

（私が気に食わないわけ？）

目を合わせようとしない山田に、由紀子はむっとなる。別にかまってほしいわけじゃないが、無視されると頭にくる。そういうものである。

時間つぶしにスマホで彩香に連絡でもしようかとしていると。

「こーら。感じ悪い。携帯はここでは禁止」

と、母に奪われてしまった。

「携帯じゃないもん、スマホだもん」

由紀子はむっとして、メニューを眺める。

（和牛ステーキと抹茶パフェも追加してやる！）

一足先に、飲み物が来たので、由紀子はピッチャーからコーラをコップに注ぐ。その様子を、山田はリスのような目でちらちらと見ている。

由紀子は空いたコップにコーラをつぐと、山田の前に置く。彼は上目使いで由紀子を見ると恐る恐るコップに手を伸ばし、ぐびぐび飲み始める。

（飲みたいの？）

（餌付けしている気分）

昔飼っていたハムスターにそっくりな動きだ。

面白いので、新しいコップにまたコーラを入れて渡してみる。

そんなことをしているうちに、料理がきた。ただひたすら食べたりしゃべったりで時間が過ぎる。時折、山田父や山田が席を立つがそのたびに足を踏み外し、額を割っていたが、さしたる問題でもなかろう。

御会計が心配になる量を食らいつくし、大人たちがほろ酔いになった頃。

個室に追加で人が入ってきた。

「すみません。うちの、迷惑かけませんでした？」

山田姉が、仕事帰りの風貌でやってきた。

「あら？　恭ちゃん、電話して呼んでくれたの？」

山田母の問いに、恭太郎は首を振る。

「ああ、私が呼んだんですよ」

と、由紀子のスマホを持って母が言った。

由紀子は、母からスマホを奪い返す。いくら親とはいえ、勝手に使われるのはあまり気持ちよくない。

「ちょっとお会計に行ってくるわね」

母と山田姉は、レジに向かう。二人がどこか物静かな雰囲気で歩いているのは、会計が恐ろしいからだろうか。

由紀子は、横になった山田父子を見る。山田母が、

「パパ、起きて。起きないと突き刺すわよ」

と、フォークを掴《つか》んで目蓋《まぶた》をつついていたので、やめてもらう。ほろ酔いの山田母は素で怖い。酔っていなくてもちょっと怖い。

会計が終わった後、母は由紀子に言う。

「お母さんたち、もう少し飲みたいんだけど、先に帰ってくれない？」

「はあ？　子どもだけで帰す気？」

由紀子は無責任な保護者に、非難の目を向ける。

「恭太郎、あんた酒飲んでないでしょ。これで送ってあげて」

と、山田姉は車のキーを投げる。

「俺も子どもですか？」

「お小遣いあげるから、言うこと聞きなさい」

「わかりました、お姉さま」

山田姉のちらつかせる五千円札に手を合わせる恭太郎。手をこすり合わせすぎて火が出そうだ。

（山田不死男のお小遣いは三万円だったんだけどね）

ホテルバイキングの時に渡されたお小遣いの額を思い出す。そういえば布団とクッション、壊れた窓ガラスの代金はちゃんと払ってくれたのだろうかと疑問がよぎった。払ったことにしておこう。

何気なく気付いた兄弟間格差を、由紀子はそっと心にしまっておくことにした。そのほうが恭太郎も幸せであろう。

「ちゃんと送り届けるのよ」

「由紀ちゃん、私も家の鍵持ってるから、玄関の鍵かけておいていいよ」

飲んだくれの親たちを置いて、由紀子は恭太郎が運転する車に乗った。


家への途中で恭太郎が聞く。

「ちょっとコンビニ寄っていいか？」

「どうぞ」

由紀子は、財布を持ってきていないので車内で待つ。山田も同じく。

特にすることもないので、スマホをいじっていると、

「……ごめんね」

小さな声が聞こえた。声の主は一人しかいない。

「なにが？」

由紀子はスマホをしまって後部座席から助手席をのぞき込み、山田に言った。

うつむいたまま唇を噛《か》んでいる山田。そこまでならよくある光景だが、力の加減がうまくできないらしく、噛み過ぎて血液がだらだら流れている。唇を噛みちぎる勢いである。

由紀子は呆《あき》れながら、ポケットティッシュを差し出す。

「あー、なにやってんの？　何がごめんね、なの？」

「間違って、殺しちゃったから」

ティッシュを血で染めながら、山田は言った。

（なんだ、そんなことか）

そのことについてはどうでもいい。由紀子自身信じられないくらい、自分が死んだことを軽く受け止めているのだから。

むしろ、週に一回は死んでいるだろう山田が、そのことを気にしていることに驚いた。

（そういえば）

彼が怪我《けが》することはあっても、逆は全くなかった気がする。周りが山田を遠巻きにする

のと同じく、山田も誰かに触れようともしなかった。

(誰も傷つけないために？)

不死者になった由紀子だからこそわかるのだが、時に力の感覚が麻痺《まひ》してしまうのだ。ガラスのショーウインドウを素手で割ったように、重いマットレスを軽々担いだように。

山田は、にわか不死者の由紀子よりもずっと力の加減が麻痺しているのではないか、と由紀子は考えた。

(買いかぶりすぎだろうか)

「気にしてないからいいよ。わざと殺したなら、怒るけど」

正直に答えると、山田はぽかんと口を開ける。

「ほんとに？」

「ほんと。他の人なら別だけど、あいにく、誰かさんのおかげで体がやたら丈夫になりましたから。おかげで、なかなか壊れませんよ」

不幸中の幸いというのだろうか、これは。

「壊れないんだ」

由紀子が複雑な思いでいると、山田が久しぶりに気の抜けるような笑顔を見せた。

(見た目だけはいいんだよな)

美少年という生き物を目《ま》の当たりにして、由紀子は頷《うなず》く。

（残念で仕方ない）

残念な美少年は、助手席から後部座席に乗り出してきた。

「なに？」

「……お願いがあるんだ」

「何なの？」

由紀子はなんだか嫌な予感がして身構える。

「抱擁《ハグ》していい？」

山田は、屈託のない笑みを浮かべて言った。

由紀子は、一瞬の思考停止ののち、

「断る」

と、ぶった切った。

○●○

「あの子は、あなたがたの同族になったんですね」

目の前にいる女性から直球を投げられたオリガは、ゆっくりと頷くしかなかった。

由紀子の母親は、由紀子のスマホを使ってオリガを呼び出し、話したいことがあると言った。酒を飲んでいたようだが、酔った様子はない。

場所はとある旅館の一室であり、料亭も兼ねている。オリガの父と母は、どうせ話がややこしくなるからと、別室で休んでもらっている。本来なら不死王である父も参加すべきだが、今の彼にまともな判断能力はない。

由紀子の母親が、農学博士であることは知っていた。由紀子が不死者になった際、家族構成を調べさせてもらった。畑違いの分野ならなんとかなるだろうと甘く見ていた。

無茶苦茶な診断書と、怪しげな契約に首を傾《かし》げる可能性は高いと思っていたが、国からの判は本物なのでごまかせると信じたのが間違いだった。

「医者の友達くらいいますから。それに、由紀子と同じ症例のカルテを見たことあるんですよ。医者も研究者も、変わった症例は共有する癖があるんです」

異常な食欲、新陳代謝の早さ、そして――。

由紀子の母は、ハンカチを取り出し、それを畳の上に広げる。歯が二本、前歯と臼歯《きゅうし》が入っていた。どちらも大きさから永久歯だと思われる。臼歯には治療痕があった。

「歯並びが変わっても気づかないと思ってるなんて、まだまだ子どもなのね」

娘の、由紀子の部屋の隅に落ちていた、と由紀子の母は言った。

オリガは座布団から畳に下りると、両手の指をつく。慣れた謝罪に、さらに深い詫《わ》びをのせる。

「申し訳ありません。こちらの不手際でした」

他人の娘を勝手に不死者にし、さらにはその隠ぺいまで謀《はか》った。由紀子の命を救った事実はあるが、母親にすれば勝手なことをされたという思いは強いだろう。

頭をそのまま踏みつけられても文句は言えない。

「そうですか。頭を上げてください。何か事情がおありですよね？」

冷静な態度は、由紀子にそっくりだと思った。

オリガは、端的に、でも端折《はしょ》らずに事の詳細を伝える。

食人鬼に襲われたこと。こちらが見つけた際には瀕死《ひんし》で、そのままでは助からなかったこと。応急処置として不死者の血を与えたこと。

それだけならまだよかったが、不死者の肉を摂取させてしまい、結果不死者になったこと。

「では、あの子は、私よりも長生きするんですね」

オリガはゆっくりと頭を上げると、薄く唇を曲げる中年女性を見る。オリガよりも年かさに見えるが、その実年齢はオリガの十分の一に満たない。人と不死者ではそれだけ寿命の差がある。

「あの子たちの父親のように、私たちを置いていくことはないんですね」

相応に齢を重ねた女性の頬には、ほうれい線が刻まれていた。

「むしろ感謝したいくらいです」

予想外の言葉に、オリガは目を見開く。

その様子を見て由紀子の母は、くすりと笑う。

「お金は、毎月の食費に当てさせてもらってますし」

と、軽く笑う。そして、長卓の上の湯飲みを取ると、言った。

「ひとつ聞いてもよろしいですか？」

「なんですか？」

オリガが問い返すと、由紀子の母は、ごくりと茶を飲み、口を開く。

「あの子は不死者ですよね。食屍鬼《グール》でも食人鬼でもなく。あんなふうにならないですよね？」

知っているのだな、とオリガは思った。不死者と一部の怪物たちの関連性について。

「はい。あれらとは違います」

あんなまがいものたちとは違います、とオリガは断言した。

9　人魚の肉

「なんか懐かれてない？」

「なんか懐かれてる気がする」

彩香の言葉に、由紀子は同調する。誰に、と言われると、死亡フラグぶち当たる食いしん坊不死者、山田くんだ。

今日も、彼は四次元空間につながっているランドセルから、大きなクリームパンとバゲットを丸ごと一本使用したサンドイッチを取り出して食べていた。

由紀子の隣で。

わざわざ二時間目の休み時間に隣の席に移動してくる。ここのところ毎日だ。

由紀子は由紀子で、海老《えび》を五つ入れた特大てんむすを食べている。付け合わせはきゃらぶきとたくあん。

最初は怯《おび》えていた彩香だったが、山田本人は基本的に害をなさないことに気付くと、腫れ物に触るような態度はやめたようだ。

「具は何？」

「とまふぉふぉ、ばじふふぉ、てぃーふ」

バゲットを口に突っ込んだまま、山田は彩香の問いにもごもごと答える。彩香はわからない、と首を傾《かし》げる。

「食べたまましゃべらない」

由紀子のお叱りに山田はしゅんとなり、食べかけのバゲットを開いて見せた。トマトとバジルとチーズをカプレーゼ風に仕上げてある。

山田母は料理上手らしい。パンも毎日手作りだという。お米はあまり好きじゃないので、パン料理ばかりだ。米も作っている農家としては由々しき話だ。

よくできた奥さんであるが、材料に何の肉を使うかわからないのが欠点である。

山田以上に、その父たる不死王の精神構造が気になるところだ。いくら虐《しいた》げられている世のお父さんでも、食材扱いまでされることはないだろうに。

由紀子は、五合分のおにぎりを平らげると、ウェットティッシュで指先を拭く。これだけ食べたら、さすがにお昼ご飯まで持つ。

「由紀ちゃん、これ見て」

彩香は由紀子が食べ終わるのを待っていたらしい。スマートフォンの画面を見せる。

「これ、チャレンジしてみたら？　山田くんもさ」

画面は、市内の飲食店のサイトだった。

駅前の飲食店のポスターを見る彩香。

「重さ三キロだって、いける？」

『楽勝』

彩香の言葉に、由紀子と山田は声をそろえる。

土曜日を利用して、彩香が見せてくれたサイトの店に来た。カレー専門店で、三十分以内に食べ終えたらただになるというチャレンジメニューだ。

エスニック風の店内に入ると、頭にターバンを巻いている色黒のおっさんが声をかけてくる。

「いらっしゃい」

一瞬、インド人かと思ったが、流暢《りゅうちょう》な日本語から、ただの色黒の濃い顔のおっさんであるらしい。

由紀子たちは席に案内されると、

「あれ、お願いします」

と、壁に張られたポスターを指したが、店のおじさんは、馬鹿にした顔をする。

「冗談はやめときな。子どもが食べられる量じゃないぞ」

鼻で笑ってくれた。

由紀子は、むっとして、財布から五千円札を出す。

「前払い二人分。私は辛口」

「僕、甘口」

「私はお水ください」

と、彩香はスマートフォンを構える。SNSで投稿するらしい。

店のおじさんは、苦笑いを浮かべながら厨房《ちゅうぼう》へと向かった。

店員らしきおにいさんが無愛想に水を置いていく。

「顔、写さないでよ」

写真を撮り続ける彩香に、由紀子は眉をひそめて言う。

「わかってるって」

そう言って、店内にある象の置物の写真を撮り始める。店の壁にはチャレンジ成功者のタイムがはってある。どれも時間ギリギリだ。

「そういえば」

彩香が思い出したかのように、山田を見る。

「山田くんのお母さんって何歳なの？　うちのお姉ちゃんと変わらない年齢に見えるけど」

山田はぶらぶらさせていた足を止める。

「千歳くらいだったと思うよ。昔はヒトだったらしいけど――」

川の氾濫《はんらん》を鎮めるために、生贄《いけにえ》になったそうだ。そこで、大蛇の化身と間違えられた山田父と出会ったとのこと。

生贄に嫌気がさしていた山田父は、絶対食べないといい、生贄たる山田母は食べてもらわないと困ると平行線だったらしい。

「しかたないので、美味しくいただくことにしたんだって」

由紀子は山田の言っている意味がわからず目を細める。

彩香は、少し恥ずかしそうにうつむいている。

「意味わかんないんだけど。食べたくないのに、結局食べたの？」

「……由紀ちゃん、つまり、おじさんは肉食系ってことだよ」

「父さんは、ベジタリアンだけど」

一人顔を赤らめる彩香を、由紀子と山田は怪訝《けげん》そうに眺める。

そんな会話をしているうちに、店のおじさんがどでかい皿を持ってきた。スパイスの効いた匂いが鼻腔《びこう》をくすぐる。

「へい、お待ち。こっちが辛口ね」

と、由紀子と山田の前に皿を置く。

彩香がすかさず写真を撮る。

由紀子がスプーンを持って構えると、無愛想な店員がストップウォッチを取り出す。

「準備はいいかい？」

「どーぞー」

店員の合図とともに、由紀子と山田はスプーンを動かした。


「もう一皿いけた感じ？」

「うん。けっこう物足りない」

由紀子は、財布に五千円札をしまいながら言った。

店の親父と店員が、ぽかんとした顔でチャレンジャーたちを見送っている。

「ちょっと辛かった」

甘口を頼んだのに、山田の味覚はかなりお子様らしい。犬のように舌を出している。

「そうかあ。来週は、これなんてどう？」

と、彩香は違う店のサイトを見せる。バケツサイズのパフェが映る。

「パフェかあ、それなら明日でもいいんだけど」

本当は、今日でもよいのだが、午後は塾がある。

「だーめ。連続で食べつくしたら、商店街に睨《にら》まれるよ。長い目で考えて、食べたほうがいいよ」

挑戦
3kg
30分以内に
完食したら
タダ!!

堅実な彩香の言葉に、由紀子は納得する。

「それに、明日のネタはもうあるし」

彩香がスマホを見つつ、ニシシと笑う。

（結局、ＳＮＳのネタかい？）

帰ったら、ネットをひらいて確認しなくては、と由紀子は思う。何かよからぬ記事になっていないか心配になる。

「まだ辛い」

山田は鞄《かばん》から飲み物を取り出すが、それがどう見てもサラダ油に見えたので、由紀子は自販機に誘導した。お約束であつあつのお汁粉ボタンを押しそうになるのを、ミネラルウォーターまで移動する。

「なんていうか、お約束だね」

と言って写真を撮る彩香を睨《にら》む由紀子。

「お約束すぎて困るよ」

と、言った傍《そば》から、

「父さんだ」

と言って、山田が道路に飛び出そうとしていたので、由紀子は襟首をつかむ。

「不死男ー」

道路の反対側に、スタイルのいい男性が見えた。買い物袋を提げているのは、山田父だ。また野放しになっているが、恭太郎はちゃんと見張っているのだろうか。また、山田姉に折檻《せっかん》されそうだ。

（はじめてのおつかいより、危険なことを）

山田父がにこやかに手を振りながらこちらに向かってくる。

（なんだろうか、このお約束父子は）

由紀子はとっさに、彩香の目を覆った。

山田父が道路に出た瞬間、大型トラックが通った。クラクションの音とともに、鈍い音がして山田父が吹っ飛ばされたと思ったら、ぐちゃっという音がした。

挽肉《ひきにく》が一山出来上がった。

ただ、息子の不死男と違い、再生するときにきらきらとエフェクトがかかってくれた。

おかげでグロ成分は、やや緩和された。

（トラックの運転手さん、安心してください）

さすが、ファンタジー生物。不死王の名もだてではない。

その日の夜の風呂上がり。

「お兄ちゃん、お風呂空いたよ」

「んー、今入るー」

由紀子は髪をタオルで拭きながら、居間の兄に言った。

兄は、パソコンでネットを見ているようだ。あからさまに画面を隠したのは、まあなんとなく想像がつくようなつかないような。知らないふりをしてあげる程度に優しい妹なのだ。

「パソコン、次使うから消さないで」

「ああ、わかった」

由紀子は、パソコンデスクの前に座ると、ユーザー切り替えをする。

兄がどんなものを見ていたのか、それを検索するほど意地悪な妹ではない。

由紀子のスマホはいろいろ制限がかかっているので、彩香のＳＮＳは閲覧できない。むしろ、違法に年齢制限をごまかしてＳＮＳを使っている彩香が問題だ。

彩香のＳＮＳをのぞくと、差し障りのない内容で問題なかった。たまに、暴走した写真を載せるので気をつけなくてはいけない。

（そうだ、ついでに）

由紀子は、『人魚事件』を検索する。以前、山田兄から聞いた話だが、少し気になっていたのだ。

内容は山田兄の言っていたのとほぼ同じだが、より詳細に書かれていた。由紀子は流し読みをしながら、関連項目に目をやる。

（食人鬼事件ねえ）

なにげなくリンクを開き、記事を読む。

『食人鬼事件』

半世紀前、欧州のとある町で、一人の青年が攫《さら》われて惨殺《ざんさつ》される事件が起こった。犯人は複数犯で、「不老不死になるため」に怪しげな儀式を繰り返していた宗教組織だったという。確定できていないのは、犯人は皆逃亡または死亡していたためである。犯人の死亡原因は、仲間割れと思われる。

神への贄《にえ》として惨殺された青年は、身体中を切り刻まれて、その半分を食されたものと考えられる。宗教儀礼として行われたとされた。

その後、近隣で墓荒らしや行方不明者が多発し、行方不明者のうち数名は、白骨死体として発見されている。その骨の多くは、捕食された痕があることから、これらの事件をまとめて『食人鬼事件』、または『食屍鬼事件《グール》』と呼ぶ。

未《いま》だ犯人は誰一人として捕らえられていない。

（これまた気持ち悪い事件だ）

『食人鬼』や『食屍鬼《グール》』は、『不死者』や『狼人間《おおかみにんげん》』、『森妖精《エルフ》』と違い、これといった種族というより、何を食べるか、という定義で決まる。

ややこしい法律は由紀子にはわからないが、『不死者』や『狼人間』には、人外《じんがい》だが人権があり、『食人鬼』や『食屍鬼』にはないというのは知っている。

それはそうだ、どんな理由があれ、自分たちを餌にする生き物に権利を与える馬鹿はいないだろう。

そうなると、山田父はどうなるのかといえば、たぶん、昔のことなので時効だと思う。

山田兄は、由紀子に『人魚事件』をたとえに、不死者であることの危険性を教えてくれたが、より危険性を示すならこちらの事件のほうが適していただろう。

つまり、山田兄なりに由紀子には刺激が強すぎると判断したらしい。

（結局、調べたけどね）

由紀子は、湿ったタオルを風呂場の前の洗濯籠《かご》に投げると、あくびをしながら自室に向かう。

ベッドの上のスマホを見ると点滅していた。

「なんだろ？」

山田兄から着信があった。さっきかかってきたばかりで、由紀子はかけなおす。

『あっ、由紀子さんですか？』

「はい、どうかされましたか？」

連絡は山田姉から来ることが多い。山田兄からということは、検査関連だろうか。

『先日の検査の結果なのですが』

「はい」

どことなくもったいぶったような、言いにくそうな雰囲気だ。

「変な結果が出たんですか？」

由紀子の肉体は、不死者になったばかりだ。不死者といっても個体差があり、検査で調べている。

『余命三百年とわかりました』

「さんびゃくねん？」

『はい、他の不死者に比べると五十年ほど長いです。おそらく不死者に向いた体質だったのでしょう。早めに伝えておこうと思いまして』

(向いてるとかってあるの？)

由紀子は疑問に思ったが口にしなかった。

由紀子は大きなクマのぬいぐるみを抱え、時計を見る。時間は十時をまわっていたが、眠気はまったく起きない。

三百年。

「不老不死って案外短いんですね」

由紀子は思ったことを口にする。

『そうでしょうか？』

山田兄の声は寂しそうだ。

『少なくとも、あなたの周りにいるヒトは、誰も残らない。残るとすれば、僕ら不死王の血族くらいでしょう。吸血鬼や森妖精《エルフ》といった他の人外《じんがい》に知り合いがいなければ』

山田兄は、当たり前のことを至極丁寧に言った。

（そっか）

由紀子は、取り残されるのだと思った。

そして、周りの皆が死んでしまう前に、由紀子は姿を消す必要があると言われた。周りが老けてゆく中で、一人だけ若いまま生きていくのだから。

（いつかどこかへ消える）

それが、十年後か二十年後かはわからない。肉体年齢が止まってから、五年から十年。それまでに、姿を消す必要がある。

『まだ時間はたくさんありますが、心に留めておいてください』

その山田兄の言葉が引っ掛かる。

（考えてもしょうがない）

そう思っても、頭から消えない。

クマのぬいぐるみをギュッとつぶすと、由紀子はそのまま横になり目を瞑《つぶ》った。

由紀子がぼんやり起きると、時計の針は八時を回っていた。慌てて飛び起きる。

「なんで早く起こしてくれないの！」

「あんたが遅くまで起きてるのが悪いのよ」

「遅くないもん！」

由紀子は、朝ご飯をギュッとまとめておにぎりにすると、手提げに突っ込む。間食用と昼食のお弁当も入っているので、ランドセルより重い。

「車で送ってってよ！」

「無理、今日は講義があるから」

母は週に一度、一コマだけ授業をやっている。県内の農大だ。

「じいちゃんが送ってやろうか？」

「……遠慮しとく」

祖父はトラクターくらいしか乗らない。せめて軽トラなら妥協したのだが。

由紀子は、スマホの時計をにらみながら、学校へと向かった。

（ま、間に合った）

由紀子が靴箱の前で上履きに履き替えながら息を整えていると、予鈴が鳴った。あと五分もあるから、教室まで余裕だ。

（朝ご飯食べる時間はないか）

一時間目が終わるまでの時間が長い。

由紀子は肩を落としつつ、てくてくと廊下を歩く。

（あれ？）

由紀子の他に廊下を歩いている者がいる。小学生にしては大きくて、教師にしては若すぎる。見た目は、まだ高校生くらいの女性だ。

栗色の髪を肩口まで伸ばし、丈の短いスカートをはいて、ニーソックスをガーターで止めている。ガーターは革製だけどフリルが多く、パンクロリという格好だろうか。

由紀子はいぶかしみながら、横を通り過ぎる。なんというか、平日の小学校には、場違いな人間だ。

（卒業生かなにかか？）

「そこの君」

急に声をかけられてびっくりする。じろじろ見ていたのを気付かれたのだろうか。見た目によらず低い声で、よく言えばハスキー、悪く言えば老けた声だった。

「なんですか？」

パンクロリ女性は、猫のような目をこちらに向ける。

「六年一組はどこにある？」

「それなら、私のクラスなので一緒に行きますか？」

「いや、いい。どの校舎の何階かだけ教えてくれ」

まったく女性らしさを感じさせない話し方だ。見た目は可愛いのにちぐはぐだなと由紀子は思う。

「校舎の三階、この階段を上って左です」

「ありがとう、助かった」

パンクロリ女性はそう言うと、職員室のほうへと向かっていく。ふわりとひるがえったスカートの奥から、包帯を巻いた太腿《ふともも》がのぞいた。

動体視力があがっていなければ、気づかなかっただろう。

（卒業生じゃなかったのかな？）

ここ何年も教室の位置は変わっていないはずだ。卒業生なら知っていると思ったのだけど。

そんなことを考えているうちに、今度は本鈴が鳴り始めた。由紀子は慌てて階段を駆け上がった。

○●○

せっかく今日は、姉も兄も非番だっていうのに。

恭太郎は、親父たちのお守りはしなくていいと、出かけようとしたところだった。

「今日はお客さん来るから、うちにいてね」

姉のオリガが、すこぶるいい笑顔で言ってくれた。

「はあ？　なに言ってんだよ。俺、もう約束してんだよ、無理だって」

「お断りしなさい」

口は笑っているが目は笑っていない。ついでに、踵《かかと》で足の甲をぐりぐり踏まれている。

ヒールはやめてほしい、凶器だ。

「悪いが恭太郎、断ってくれ」

兄のアヒムまで言ってくる。

「もしかして、非番合わせたのって、客が来るからか？　それなら、なんで前もって言ってくれないんだよ」

話を聞いていたら、デートの約束なんて取り付けなかったはずだ。恭太郎は膝を突き、オーバーリアクションで落ち込む。正直、涙目だ。

アヒムは眼鏡をくいっと、かけなおす。

「ああ、それはあまりにおまえが嬉《うれ》しそうな顔をしていたから」

「ええ、とても楽しそうだったから」

オリガとアヒムは声を揃《そろ》えて、

『あんたの《お》絶《ま》望《え》する顔が見たくなって』


と、血も涙もないことを言ってくれた。

外面《そとづら》はいいが、この二人、身内にはめっぽうサディストだ。

「ほら、早く断りの電話かけないと、彼女出かけちゃうわよ」

にやにや笑うオリガを恨めしげに睨《にら》みながら、恭太郎は半泣きで電話をかけた。いくつか言い訳をしたが、無駄だったようで、一方的に切られてしまった。

「ふられた？」

「まあ、長く持ったほうじゃないのか？　前のはたしか半月で切れたはずだから」

甘い蜜でも舐《な》めるかのように、にやにやと笑う姉と兄。現代社会のストレスをいたいけな弟にぶつけないでほしい。

他人事《ひとごと》のように言ってくれる身内に、殺意が湧いたところで、父が起きてきた。

「おはよう」

首があらぬ方向に、おそらく頸椎《けいつい》が百八十度ねじれた状態でやってきた。

「おはようございます、父さん。それにしても、どうやったらそんな首になるんですか？」

「うん、寝違えちゃって」

と、首をごきっと元の位置に戻すつもりが、勢い余ってちぎれてしまった。血しぶきが飛ぶ。

「お父さま、何やってるの」

オリガが取れた首を上手く元の位置につける。きらきらと輝きながら、傷口がふさがっていくのは無駄にファンタジーだ。この能力を地球温暖化とかエネルギー問題とか、そういうのに利用できたらと思わなくもない。

呆《あき》れながら、恭太郎はどさくさに紛れて外に出ようとしたが、襟首をアヒムにしっかりつかまれていた。

「客人っておまえかよ」

恭太郎は、疲れた顔を目の前の少女に見せた。セミロングの髪の、十七、八歳の少女に見える、実年齢百六十歳の婆《ババア》に。

「私では不満か？」

ふふん、と愛らしい顔を皮肉たっぷりに歪《ゆが》めている。容姿は好みなのに、実体が残念すぎて仕方ない。あと声が合わない、声だけ老婆だ。

「で、何の用だ？　一姫《いちひめ》？」

残念すぎる女の子こと、一姫は紅茶をすする。お茶請けには、母特製のクッキーが置いてあった。

広間のテーブルには、一姫と恭太郎の他に、オリガとアヒム、そして不死王こと父が座っている。母だけは、台所でお茶請けの追加を準備していた。

「あなたが直接ここに来るなんて、珍しいわね」

「直接言わなくてはならないと思ってね。まあ、大体のことは想像がついていると思うけどな」

と、一姫はクリアファイルを取り出す。新聞の切り抜きのコピーが三枚入っている。

最近あった三つの行方不明事件の記事だった。その後、行方不明者の遺体が見つかり、殺人事件となる。

どれも、別の犯人によるものとみられているが、その手口は似ており、模倣犯ではないかと言われていた。

「うちの一族の者がやられたよ」

一姫は、三枚のうち一枚を前に出す。

遺体はバラバラにされ、それぞれ別の場所に捨てられていたとのこと。一般的に、人道から外れた行いだ。

オリガもアヒムも黙って記事を見る。普段なら落ち着きのない父が、珍しく黙っていた。その目は、赤みがかった金色に輝き、獣のような瞳孔《どうこう》になっていた。

正気だ、と恭太郎は思った。

不死王もまた、富士雄と同じようにたまに正気に戻る。

恭太郎はゾクッとして、身体中に鳥肌が立つのがわかった。

テーブルの上の紅茶が波紋を描き、家鳴《やな》りがする。戸棚が揺れ、中の食器がかたかたと音をたてる。

昔の、不死王の名にふさわしい風格が漂ってくる。見るものを圧倒する、不死なる王。

「食われていたのだな？」

父のいつもより低い声が聞こえた。ぞくりと、恭太郎に生ぬるい汗が流れる。

一姫は、肯定する。

新聞記事には、詳細は書かれていなかった。警察か関係者しか知らされていない事実だろう。

「哀《あわ》れで醜い食人鬼どもめ」

『哀れ』という単語を使うが、そこに哀れみは浮かんでいなかった。見つけたら、骨片すら残らず消し炭にしてやる、という恐ろしい気迫がこもっていた。

オリガとアヒムは、正気に戻った父をただ恐ろしげに見ていた。

恭太郎が物心つく頃には今のボケボケした両親だった。なので、本当の父の恐ろしさは知らない。だが、何か感情の機微が鍵となって、昔の父に戻ることがある。

一姫は、不死者の王の動向を、固唾《かたず》を呑《の》んで見守っていた。

「私も探ります。ですがもし件《くだん》の食人鬼を見つけたら、ご一報いただけると幸いです」

テーブルに額をこすりつける一姫。

「……わかった。あとはオリガとアヒムに任せる」

「わかりました」

父はそのまま席を立ち、兄と姉がついていく。

緊張した空気の会談が終わり、父が部屋から出て行ったのを確認すると、恭太郎は力なくテーブルに顔を突っ伏した。

「久しぶりだな。あの姿は」

いつもの穏やかで天然の入った父は、本来の父ではない。怒りと悲しみで何もかも破壊してしまう、そんな感情を押さえこむために作った人格だった。昔、食人鬼どもの行った所業をすべて清算しない限り、父は元に戻らない。

そう、富士雄兄貴が元に戻らない限り。

気持ち悪い汗でべたべたなのは、恭太郎だけではなかった。

同じく顔色を悪くした一姫が恭太郎を見る。

「シャワーを貸してくれないか？」

と、一姫は袖をまくる。腕には包帯が巻きつけられていて、それをほどき始める。

包帯の下にあるのは、すべらかな若い肌ではなく、硬く割れた鱗《うろこ》だった。

恭太郎がいるのもかまわずスカートもめくり、太腿《ふともも》に巻きつけられた包帯もほどく。

「フジオは元気そうだったな」

「ああ、しょっちゅう無駄に死んでるけどな」

一姫はいつのまに兄に会っていたのだろうか、と恭太郎は思う。

一姫こと『人魚姫』は、了解も確認せず、シャワールームへと向かっていった。

絶滅したと思われた人魚は、ヒトに隠れて細々《ほそぼそ》と生きている。他の種族と交わり、混血した種族にもう不老不死の力はない。

だがその血肉を狙い、食らおうとする者は数多《あまた》いる。ゆえに絶滅危惧種《きぐしゅ》とされている。

一姫が若いのは、ただその血に不死者の血が混じっているからにすぎない。

10　働かざる者食うべからず

日高家の家訓は、「働かざる者食うべからず」だ。

大人だけでなく子どもにも適用され、由紀子はお手伝いをしないとお小遣いがもらえない仕組みになっている。

「由紀子、軽トラにコンテナ乗せたら、隣のハウスの収穫をお願い」

「はーい」

日高家は兼業農家だ。お米は家で食べる分だけを作っているが、ハウス栽培の野菜などは売って収入を得ている。今はアスパラの収穫の最盛期なので、由紀子は土日に手伝っていた。忙しいときは早朝から起こされてやらなくてはいけない。

(これ、けっこうしんどいんだよね)

軽トラに、収穫したアスパラを載せる。隣のハウスでも、柔らかい地面からニョキニョキ生えたアスパラを採らなくてはいけない。しゃがみ込む姿勢が続くため、祖父母にはきつくてやれない。母親もあまりやりたがらないので、すぐ由紀子にお鉢が回ってくる。なお、兄は部活といってあまり手伝わない。

（いいもんね、お小遣いそのぶんアップしてもらうから）

由紀子はせっせとアスパラを収穫する。収穫したアスパラは納屋に運んでサイズごとに仕分け。店に直納している分とインターネットで直売している分の配送を手配し、残ったアスパラは市場へと出荷している。

作っているのはアスパラの他にもある。トマトやナス、苺《いちご》に、あと、食用菊やお花も栽培している。他に自家消費用の野菜をいくつも作っているが、売るほどではないが食べきれる量でもない。大体、鶏《にわとり》のエサになっている。

苺はもう終わりで、トマトとナスはしばらくしたら作るのを休む。トマトやナスは夏野菜だが、逆に言うと夏に出荷しても儲《もう》からないからやらない、と母が言う。

「由紀子。収穫し終わった？」

「大体。二十五センチでいいんだよね？」

アスパラ収穫の目安だ。アスパラはこの季節、一日で十センチくらい軽く伸びるので油断ならない。伸びすぎたアスパラは味が落ちるので、我が家で自家消費に回す。

「うん。仕分けもしてもらいたいけど、その前にお届けお願いするね」

「お届け？　斎藤《さいとう》さんち？　それとも鐘ヶ江《かねがえ》さんち？」

由紀子はご近所さんの名前を上げる。どちらも農家で、作っているものが違うので物々交換することが多い。

「山田さん家《ち》よ」

「山田さん」

由紀子は固まる。

「山田さんのお父さん、菜食主義者なんだって」

「知ってる」

食材として色々頑張っている人外《じんがい》さんだ。

「知ってるならなんで早く教えてくれないのー。うちを売り込むチャンスじゃない？」

「いや、同級生の家に野菜売り込むとか、ハードル高すぎるし」

「何言ってるの？　山田さんちは大食漢がたくさんいるでしょ。さらに菜食主義ときたら、エンゲル係数高めだし、買い出しも大変よ？　だったらうちの野菜を安くたくさん売ってあげたら、山田さんちも喜ぶし、うちも在庫がはけるわ。ウインウインとはこのことね！」

何気なく在庫がはけるとか言っている母。

「ということで、あそこの段ボール全部持って行ってくれる？」

大きな段ボールが三箱積んであった。

「多くない？」

「そう？　山田さんちの一日分の量よ？」

由紀子は段ボールの中を確かめる。アスパラ、ナス、トマトの他に、自家消費用で余ったキャベツやブロッコリー、ついでに菊花の小さいものも入っている。

品質はそこまで悪くないのだが、由紀子は少々山田家に申し訳ない気持ちで野菜を運ぶ。普段ならリヤカーで運ぶのだが、今の由紀子は不死者だ。段ボール三箱くらい軽い。どうせご近所だしと、三つ抱えて山田家に向かうが、田んぼ三つ先なので地味に遠い。

田んぼには水が張られて、まだ若い苗が植えてあった。晴れた日は、水面が鏡のように空を映す。

(ウユニ湖っていうんだっけ？)

さすがに田舎の田んぼなのでそこまで壮大ではない。でも海外に行ったことがない由紀子は、アニメのオープニングでよく見る背景を思い出しつつ、倍に広がった空を楽しむことができる。

てくてくと田んぼ道を歩き、田舎の田園風景には不似合いな洋館のインターフォンを鳴らす。

『……はい』

やる気がない声が聞こえてきた。顔は見えないが恭太郎だとわかる。

「日高ですけど、お野菜配達に来ました」

『どーぞー』

自動で門が開く。由紀子は玄関に野菜を持っていく。

「はい、すまんね」

恭太郎は、由紀子が持ってきた段ボール箱をひょいひょいと運んでいく。

「由紀ちゃーん」

山田がエントランス部分の天井からぶら下がっていた。ただぶら下がっているだけならいいが、金属の棺桶《かんおけ》みたいな物に入っていた。山田が動くとぶんぶん揺れる。山田家の耐震性が気になる。

「山田くん、今日は何したんですか？」

「何もしてないけど、今日は俺一人だからとりあえず逃げないようにしておいた」

ここで児童相談所がやってきたら即保護されそうな扱いだが、山田については何も言えない。とりあえず拘束しておくほうが、よほど安全だということはわかる。

「おばさんたちもいらっしゃらないんですね」

山田母はいつも家にいるイメージだ。山田父はたまに勝手に外に出かけては、死んで回収されている。

「今、親父たちは珍しく真面目にやっているんだよ。しばらく留守が続くと思う」

「じゃあ、お野菜無駄になっちゃいますね」

留守にするなら前もって連絡してほしい。お金は払ってくれるだろうが、無駄になるのは嫌だ。

「たぶん、明日一度戻って来るし、一日じゃ腐らないから大丈夫だろ。ところで」

恭太郎は由紀子を窺《うかが》うように見る。

「俺、出かけたいんだけど」

「すみません、私、これから塾なので」

すかさず断る由紀子。

どうせ山田を由紀子に押し付けて出かけたいのだろう。

「……いや塾って、大変だろ？　まだ若いんだし、もっとのびのびと遊んだほうがいいと思うぞ。ほら、不死男も遊びたがっているし」

「由紀ちゃーん、遊ぼー」

山田が揺れるものだから、天井がギシギシ鳴って怖い。

「いえ、うちの家訓、『働かざる者食うべからず』なので。塾の受講料もただじゃないですし、お小遣いが欲しければちゃんとお手伝いしないといけないんですよ！」

由紀子は恭太郎にすぱっと言った。

恭太郎は信じられないものを見る目をしている。

「……なんていう理想の子ども、いい子ちゃんなんだ」

「別にそこまでいい子ではないですけど」

由紀子はちゃんとお小遣いはせびるし、祖父母や母にわがままも言う。

「いや、いい子だろ？　大体、そんなふうに理想の子どもやっていると、将来ぐれるんじゃないか？」

「ぐれません」

「いや、ぐれたほうがマシだぞ」

恭太郎は妙に実感がこもった言い方をした。

「純粋培養で育つと、何かしらあったとき、暴走しちまうから」

「そうですか」

由紀子はさほど気にしないで、天井の山田に手を振る。


数日後、学校の昼休み。由紀子は大きなおにぎりを食べながら山田を見る。

「おばさん、今日もいないの？」

山田は、弁当を食べる手を止めて目を丸くする。

「エ、エスパー？」

なんでわかるの、と驚いて、きらきらと、尊敬の眼差《まなざ》しを向ける。

「だってそれ、おねえさんが作ったんでしょ？」

（いや、作ったとは言い難いな）

由紀子は呆《あき》れながら、弁当箱を指す。

いつもなら山田母特製のパンなのに、今日は弁当箱にバターが詰まっていた。スプーンで当たり前のように食べている山田のことをどうかと思う。

彩香も驚いた顔をしながら、写真を撮っている。今日のＳＮＳネタにするのだろう。

「うん、そうだよ。これが普通のバターで、こっちが無塩、んでもってレーズンバター。食べる？」

山田は、あどけなさの残る笑顔でスプーンを差し出すが、丁重にお断りする。逆に、由紀子のお弁当を分けてあげた。

彩香も卵焼きを山田にあげる。

無邪気な少年は、姉の手抜きを責めようとせず、素直に貰《もら》ったものを喜んでいた。

由紀子と彩香は、哀《あわ》れみの目で山田を見る。

「しばらく父さんと母さんと兄さんたちはお出かけ。ちゃんと夜には帰ってくるよ」

「へえ？　旅行か何か？」

彩香がたこさんウインナーを山田の前にちらつかせながら言った。

「うんとね。親戚のおねえさんが来て、一緒に白アリ退治に行った」

由紀子は首を傾《かし》げる。

「山田くんのお父さんって、そういう仕事してるの？」

彩香が率直に質問する。

（いやいやいや）

由紀子はまず山田父が仕事をしている姿が想像できない。

「違うよ」

「じゃあ、なんで？」

彩香が山田と問答する。

（もしかして、害虫駆除という意味じゃ）

由紀子は、より正しいほうに答えを出した気がしたが、平和な日常が狂いそうな言葉だったので気づかないことにした。

11　無謀と勇気は別物です

由紀子は小学六年生の割に大人びた性格だ。不死者になったことで、さらに落ち着きと冷静さを手に入れたと言える。でも、本来の小学六年生の性質は、もっと無謀で愚かで、やらかしてはいけないことに首を突っ込むものだと理解している。

由紀子の友達の彩香もまたそんな一人だ。

「これ、見た？」

彩香は、スマートフォンのニュースを見せる。校内では動画を見るのは禁止だが、先日まで崩壊学級だったこのクラスでは、いまだに守る生徒はいない。授業中、ゲームをしなくなっただけましなので、担任はいまのところ強く取り締まっていない。

「今朝のニュースなんだけど」

彩香の見せた動画は、最近頻発している殺人事件の続報だった。ここ数か月、似たような殺人事件が多発している。行方不明になった人が遺体で発見される。それもばらばらになって捨てられているという、恐ろしい事件だ。

多発していた行方不明事件の続報ともいえる。

「たしか前、彩香ちゃんが心配してくれたやつだよね？」

塾の帰りは遅くなるから気を付けるようにという話だ。思えば、あの時彩香の忠告、ついでに言えば怪しげな占い師の忠告を聞いていたら、由紀子の人生はもっと平穏だっただろう。代わりに皆本は、食人鬼に食われて被害者に名を連ねただろうが。

「うん。あれも関連性があるって言われているよ」

（食人鬼って話は流れていないのか）

由紀子はあの時の食人鬼がどうなったのか知らない。ただ、山田が無事だったことを考えると、捕まったのだろうかという推測しかできない。

「ニュースでは、単独犯ではなく模倣犯も含まれているってさ。ここだけの話、食人鬼が関わっているんじゃないかっていうの」

さすが情報通の彩香だ。確信をついた話をしている。

しかし、今も続いているということは他にどんな犯人がいるというのか。

テレビというものは恐ろしいもので、まるで小説かドラマを見ているような気分になる。実際あったことなのに、まるで作り話のようにとらえてしまうのだ。

「ほらここ。由紀ちゃんも知っているでしょ？」

「うわっ。けっこう近くなんだ」

「怖いよね」

ニュースによると、また新たにばらばらの遺体が見つかったらしい。場所は由紀子たちの住む街からそれほど遠くない、同じ県内だ。

由紀子は嫌な予感がした。

そっと、彩香の顔を見ると、不敵な笑みが浮かんでいた。

ふわふわの髪をした穏やかな女の子に見える彩香だが、趣味はＳＮＳともう一つある。

「へへへ、サイト巡っててこんなん見つけちゃった」

見せられた画像は、黒い背景に白抜き文字、それに怪しげな建物が写っている。まあ、あれだ、アングラ系サイトというやつだ。かなり古くさいサイトを見せてくる。

彩香は小学生女子にふさわしくないサイトをのぞくこと、その情報収集を得意としていた。由紀子を通してとはいえ、山田と普通に接する度胸があるのは、そんな趣味があったためともいえよう。

楽しそうに見せるその写真は廃屋《はいおく》であり、以前テレビのインチキくさい番組に出ていたという代物《しろもの》だ。由紀子はあからさまに嫌な表情を浮かべる。

「殺人鬼の隠れ家じゃないかってとこ。このところ、近隣から物音がするっていう情報があるようだし、何より今回の事件と近い場所なのよ」

鼻息を荒くする彩香に、由紀子は面倒くさそうに相槌《あいづち》を打つ。

まあ、ここまでくれば予想がつく。

「今度の土曜日、ここに行かない？」

目を輝かせる彩香を、由紀子はあえて見ない。目を合わせない。

近づいてくる彩香の顔を手のひらで押しのける。

山田もまた、彩香の真似をして近づいてくるので、残った手で押しのける。指が目に突き刺さった感じがしたが、山田なので問題なかろう。

「やーだ」

由紀子は二人を押しのけながら言った。

「なんで、いいでしょ？」

「いいでしょ？」

彩香の口真似をする山田がうざい。

そうやって、押し問答を繰り返していたところ、由紀子は視線を感じた。

「なあ、俺も混ぜてくれないか？」

そんな声をかけてきたのは、クラスメイトの神崎だった。

以前、山田に声をかけてきた奇特な少年である。

「あー、神崎くん。興味あるの？　どう思う？」

仲間を見つけたと言わんばかりに目を輝かせる彩香。

「俺も気になってたんだよな。ホラースポットだろ、そこ。昼間でも幽霊出るのかな？」

「わかんない。でも昼ならいいんじゃないかなー。夜行くわけではないんだしー」

小学生ダンスィ&小学生女児。ともに『君子《くんし》危《あや》うきに近寄らず』という言葉を知らない。

由紀子としてはそんな場所には極力近づきたくない。もちろん、ネットで出てくる時点で大したことはないデマだろう。そう簡単に殺人鬼なんているわけない。

でも、好奇心旺盛な小学生だってそれくらいわかっている。いるかもしれないというワクワクのために向かうのだ。

「日高が行きたくないみたいだし、俺たちだけでいこうぜー。なあ、山田もそう思うだろ?」

神崎は、流されまくる男、山田を仲間に引き入れようとする。

「うーん、どうしよううか?」

「ちょっ! 山田くん!」

山田が揺らいでいる。

「いこうぜ、山田! 男には冒険すべき時がある」

ぎゅっと拳を握り男のロマンを語る神崎。男女同権をうたう現代に時代錯誤すぎると由紀子は思う。

「やめてよ。また山田くんが怪我《けが》しちゃうでしょ! 本当にスプラッタ作っていいの?」

「山田は再生するから別に大丈夫だよ」

「よくないよ！　慣れちゃ駄目だよ」

低学年が山田の真似をしたらどうするつもりだ。

「うっせえなー。これだから学級委員は」

「好きで学級委員じゃないから！」

「はいはい。だから日高は行かなきゃいいじゃねえか」

神崎は由紀子から目をそらし、チラッと山田と彩香のほうを見た。由紀子が行かなくても、他のみんなで行こうぜ、という示し合わせのようだ。

（いや、それはもっと駄目！）

由紀子は心臓をバクバクさせつつ、大きく息を吐く。

「わかったよ。すぐに行って帰るだけ。それだけだからね！」

「やった！」

彩香が元気よくばんざいする。

「よし、日にち決めようぜ！」

ノリノリの神崎に、山田はとりあえず「おー」と手を挙げる。

由紀子は大きく息を吐き、変なことにならないように祈るのみだった。

その週の土曜日、由紀子たちは噂《うわさ》の廃屋《はいおく》に向かうことになった。由紀子とて行きたくないが、子どもだけで行かせるのはもっと危険だと判断した。由紀子自身も子どもだってことは完全に抜けている。

しかし、由紀子とて考えがある。

「じゃあ、山田くんの家にお迎えに行こうか？」

山田の家族、少なくともまともな部類が残っているなら止めてくれるはずだ。そう考えた由紀子は、山田家を巻き込むことにした。

「山田くんの家、すごいんだよー」

こう言えば、好奇心旺盛な彩香と神崎は食いついてくると思った。

「こっちこっち」

由紀子の後ろでは、彩香と神崎が目を輝かせて素敵な洋館こと山田邸を見ている。

「すっごーい、外国のお屋敷みたい」

「すげーな。山田の父ちゃん、王って言うだけあって金持ちなんだな」

庭の花が咲き乱れて、空気が香《かぐわ》しい。

（よく手入れされてる）

由紀子は横目で見ながら、インターフォンを押す。

『はーい、開いてるから入って』

山田の声が聞こえるので、その声に従って中に入る。

『……』

由紀子は、そのまま扉を閉めたくなったが、後ろにいる二人のことも考えて開けたままにしておいた。彩香と神崎は山田には慣れてきても、山田家ルールにまだ免疫がない。

「なにされてるの？」

とりあえず、この中で一番今の山田の状況に対応できる由紀子がたずねる。

「留守番してるんだよ」

なるほど、山田家ではどでかい金属製の円柱に子どもを縛り付けることが留守番になるらしい。どこから持ってきたのかわからない円柱の前には、三本の瓶が置いてあり、その口からストローらしき管が伸び、山田の口元まで誘導されている。瓶の内容物は、それぞれ、サラダ油、ごま油、オリーブオイルだった。

「その柱はなに？」

由紀子が聞くと、

「これは炮烙《ほうらく》といって、人を銅製の円柱に縛り付けて、柱を熱して使う道具なんだよ。昔の中国のもので、かの紂王《ちゅうおう》は……」

「あっ、いやいいから。詳細はいいから」

また、気持ち悪い無駄知識を話そうとするので、途中で遮る。足元の油については、彩香と神崎は不思議そうに見ているが、由紀子はそれが何なのかわかっているのであえて聞こうと思わない。

「これって虐待じゃね？」

至極まともなことを神崎が言ってくれるが、由紀子は余計なことを言ってくれた、と舌打ちをする。一般常識を持ち合わせる神崎はさらに、身動きのとれないクラスメイトを解放してやる。

「ありがとう」

自由になった山田は、笑顔で礼を言う。神崎は照れくさそうだ。

由紀子は、神崎が山田のことを気にしていたのは知っていたし、それで仲良くなるのはむしろ良いことだと思っている。いまだ、クラスメイトの畏怖の対象たる山田は、由紀子と彩香くらいしか話す相手がいないのだから。

一方で、面倒が増えるという気がしないでもない。小学六年生男子の付き合いとなれば、山田の死亡フラグが倍増しそうな遊びばかりとなる。

そのときはそのときで、由紀子はお手上げのつもりだが、その死亡フラグが立ちまくっている場所に今まさに向かおうとしているのである。

「ひでーな。おまえの家族」

「そうかな？　ちゃんとご飯も食べられるように準備してくれてたよ」

と、油の瓶を指す。

理解しがたい神崎と彩香は首を傾《かし》げる。

「いいの？　留守番頼まれたんでしょ。勝手に出かけちゃ駄目なんじゃない？」

由紀子は正論を述べる。

「そうだね。ちょっと待ってて」

山田はぱたぱたと地下室につながる階段を下りる。そして、何かを連れてきた。

今度は、さすがの由紀子も唖然《あぜん》となる。

「なにそれ？」

そこにいたのは、ドーベルマンによく似た犬だった。毛並みや顔の形、体つきは本当にドーベルマンにしか見えない。ただし、その首は三つあった。

『地獄の番犬ケルベロス』と人は呼ぶ。

「ポチ、いい子で留守番するんだよ。おしっこしたくなったら、地下のトイレでしてよね」

『わんっ』

三つの首は、きりりとした顔で答えたが、その尻尾はちぎれんばかりに振られていた。

「山田くんち、犬飼ってたんだ？」

犬というには微妙な線だが。

「うん、夜行性なんで昼間は寝ていることが多いんだ」

「夜行性」

確かにそれっぽい見た目をしている。

彩香が身体を震わせながらも写真を撮る。またSNSのネタができたらしい。

「これで留守番も大丈夫」

「お、おう」

「そ、そうだね」

「いやいやいやいや！」

由紀子が否定しても聞く耳を持たない。

由紀子は深いため息をつくと、スマホを取り出した。山田姉の電話番号にかけたが、留守電にすぐ切り替わった。山田兄も同様だ。

しかたなく、ことのあらましをメールで打って送った。


由紀子は、本当に嫌な予感がしてならなかった。

ネットにのっている廃屋《はいおく》は、街の中心からかなり離れたところにある。車があれば問題ない距離だが、元々大型ショッピングセンターができることを前提に作られた住宅地だ。

しかし、不況のあおりを受け、ショッピングセンターは作られず、マンション計画も白紙撤回。不幸なことにすでに家を建てたご家庭がいくつもあったらしい。

その名残が『羽柱《はばしら》ニュータウン前停留所』というすすけたバス停の看板に残されている。

バス停から歩くこと十五分。ポツポツと残された家々が見える。持ち主は取り壊す気力もないのだろうか。経年劣化によって崩れている家もあれば、まだ形が残っている家もある。

交通の便が悪いので、タクシーでここまで来る羽目になった。自転車で来ることも可能だったが、車輪に足を取られて流血しそうな生き物がいるため、却下である。小学生のお小遣いではきついものがあるが、最近、チャレンジメニューで飲食店を食い荒らしている由紀子たちはそれなりに懐が豊かだった。賞金がつくメニューもあるのだ。

「趣《おもむき》があるねえ」

彩香はしきりに写真を撮っていた。今日は、スマホではなくデジタル一眼を持ってきている。お年玉を貯めて買ったそうだが、由紀子は小学生の買うものではないと思う。

由紀子は、半眼で廃墟《はいきょ》を眺める。

「すごいな、ゴーストタウンだ。本気で出そうだぞ！」

テンションが上がる神崎。

「ここら辺に残っている家はね。安く買い取った投資家がなんとかお金にしようと、別荘地計画を立てたらしいんだよ。元はお金持ちが建てた家だから。でも、避暑地でもないのに、来る人いないから投資家は借金だけ作って自殺、いや一家心中だったかな？　ほら、比較的綺麗《きれい》なあの家だよ」

「最後にもう一回言います。やめようよ」

由紀子は言った。

「却下」

「今更、それはねえだろ？」

写真を撮り続ける彩香。諦めろ、と由紀子の肩を叩《たた》く神崎。

山田は興味深そうに周りを眺めている。雑草の生い茂った庭。取り壊されたが基礎は残ったままの住居跡。崩壊の恐れはないものの、蔓《つる》性植物におおわれた家が見える。

目指す家は郊外に建てられたためだろうか、敷地面積は広く、お屋敷といっても間違いではない造りだった。

目をきらきらさせながら、彩香はその家の玄関の前に立つ。

「開かないね」

ドアノブは回るが、チェーンが内側からかかっているらしく、隙間程度しか開かない。

「じゃあ、諦めよう」

「却下」

と、彩香は玄関からテラスに回り込む。ガラス張りの引き戸は割れ、外れていた。ためらいもせず中に入っていく。ご丁寧に、懐中電灯も用意していた。

「なあ、森本《もりもと》ってあんなキャラなのか？」

神崎は由紀子にたずねる。森本とは彩香の名字《みょうじ》だ。

「うん、けっこうあんな感じ」

ふわふわしていておとなしいイメージの彩香だが、見た目によらず行動的である。動画で皆本を脅していたくらいだ。性格というものは付き合ってみてはじめてわかる。

由紀子としては、うろうろして危なっかしい山田を屋内に入れたくなかったが、だからといって彩香だけ探索させるわけにもいかない。

もちろん山田を置いていくのも、それはそれで危険である。

（絶対、床板踏み抜くだろうな）

ぼろぼろの床はところどころ抜けていた。菓子パンのくずや煙草《たばこ》の吸い殻、空き缶が散らばっている。由紀子たちの前に、この廃屋《はいおく》に入り込んだ物好きは多いらしい。

臭そうなので鼻をおさえる由紀子。できるだけ鼻で息をしたくない。

（どうしようか？）

由紀子は、最善と言えなくとも、自分なりに最良の選択をすることにした。

「……なんなんだ、それ？」

神崎の言葉に、由紀子は赤面しながら言う。

「危険回避のため、仕方ないの」

「へへ、仕方ないんだって」

由紀子の頭の上で、妙に嬉《うれ》しそうな山田の声が響く。

由紀子は背中に山田を乗せていた。つまり、おんぶをしている。

「い、いや、なんか過保護じゃねえか？」

「下ろしてもいいの？」

じろり、と神崎をにらむ。

「こんな場所で、山田くんが五体満足でいられると思う？　普段の学校生活見ててわかんない？　再生すれば元通り？　じゃあ、服はどうするの？　再生しても、血糊《ちのり》のついた服着て、またタクシー呼べる？　呼べても、そんな姿を大人が学校に通報しないわけないでしょ。ついでに言えば、小学生がこんな場所に来ること自体間違いなわけよ」

由紀子は神崎にまくし立てる。

「……すみません」

神崎が黙ったところを見ると、納得したらしい。ちゃんと説明しておかないと、おんぶしていることで変な噂《うわさ》を立てられかねない。もしそんなことになったら、即登校拒否するだろう。由紀子としては、立ち入り禁止区域に入り込むことより、クラスメイトの男子と噂になるほうがよっぽどダメージが強い。

「それにしても、日高って力あるな」

「ほっといて」

由紀子は、身体が作り変えられた結果か、筋力も格段に上がっている。百キロくらいまでなら、軽々かつげそうだ。

「由紀ちゃん、チョコ食べる？」

山田は呑気《のんき》に、由紀子の頭上でチョコバーをばりぼり食べる。由紀子が非常食として、リュックに詰めるだけ詰めた菓子だ。今は、山田に背負ってもらっている。

食べるのは問題ないが、食べかけを差し出すのはやめてほしい。ついでに、髪に食べかすを落とさないでほしい。

「新しいのならちょうだい」

「了解」

山田に差し出されたホワイトチョコを食べながら、由紀子は彩香の後に続く。

（特に問題ないかな）

由紀子は耳を澄ませると、屋内の音を聞き洩《も》らさないようにした。

まさか、殺人鬼がいるとは思えないが、ホームレスや不良が溜まり場にしている可能性は高い。現に、壁にはスプレーで落書きがされていたり、ここ数か月の間に刊行された雑誌が落ちていたりする。

幽霊屋敷などとも言われるこの廃屋《はいおく》だが、本当に怖いのは生きている人間だ。

まあ、不死者となった由紀子なので、多少の暴力沙汰で死ぬことはないが、それでも怖いものは怖いし、なにより、連れの二人は生身《なまみ》の人間だ。最悪、二人だけでも逃がさなくてはいけない。

誰かがいる気配はない。時折、かさかさという音がするのは、まあ想像したくないあの虫がいるせいだろう。たまり場にしている連中は、食べかけをそのまま放置しているらしい。あちこちで嫌な臭いがするので、ハッカオイルをたらしたマスクを装着する。

山田もまた同様らしく「くさい」とつぶやいている。由紀子は使い捨てマスクをやった。

「持ち主は、音楽家だったんだって。音楽だけじゃ食えないからって、投資にも手を出したらしいよ」

彩香は腐りかけた廊下に落ちていた楽譜を拾う。風化しかかったそれは、鉛筆書きでメモが書き添えられていた。

他にもバイオリンの絃《げん》らしきものや、メトロノームが転がっている。

「これだけ何もない場所なら、音楽の練習にピッタリだったろうね」

「なるほどね」

でも、仕事がなく、副業として始めた投資は大失敗。家を買うならローンも組んでいただろう。何もかも無理とわかって心中とくれば、浮かばれない。

「ねえ、由紀ちゃんは怖くないの？」

「何が？」

「だって、誰かが死んだ場所だよ？　怖くない？」

「怖いも何もデジカメ持ってパシャパシャ撮っている彩香ちゃんは何なの。それに、人間なんてたくさんいるんだから、どこででも死んでいるよ」

学校の新校舎を建てようとしたら昔の墓が出てきたとか、家を建てようとしたら甕棺《かめかん》が出てきたとか。地主の孫娘である由紀子としてはよく聞く話だ。

「誰もいないなあ」

と、神崎はまじまじと室内を観察する。

「大丈夫、現像したらなにかでるかも」

と、デジイチを見せる彩香。

どうでもいいが、いつのまにか幽霊探索になっているらしい。

ホラー物件なら、山田宅で我慢してもらいたいところだ。

「奥は台所かな？」

腐った床板を避けながら、彩香はすたすた進んでいく。手に懐中電灯を持っているので動きが早い。

「おい、森本。さっさと行くなよ。俺たち、足元見えないんだから」

由紀子を追い越し、神崎が彩香のすぐ後ろを歩く。

由紀子は夜目《よめ》も利くようになったため、別に懐中電灯がなくても問題ない。

（あれ？）

由紀子は耳障りな音が台所の方から聞こえてくるのに気付いた。羽虫のたかる音だが、それにしても数が多い気がする。

「由紀ちゃん」

山田が耳元で小さく話す。息が急に吹きかかって、由紀子は「ひゃうっ」と、間抜けな声をあげてしまった。

「なに？」

気を取り直して由紀子が聞くと、

「なんか変な匂いする」

山田がマスクを外す。

「匂い？」

由紀子は山田をおぶったまま下ろすと、マスクを外して鼻から空気を吸う。腐敗臭に混ざって錆《さび》の匂いが混ざる。

ぞくり、と全身に鳥肌が立つ感覚がした。口の中が乾き、どろりとした汗が噴き出してくる。

「お風呂場かな？　あそこからもする」

山田は匂いの元を指さす。彩香たちが台所をのぞいているが、由紀子はゆっくりと浴場の扉からのぞきこむ。

脱衣所には赤黒いシミが点々と続き、赤黒く汚れたバスタオルが落ちていた。その奥にはおびただしい血糊《ちのり》がまかれており、刃の欠けた斧《おの》が落ちている。

血糊には慣れたつもりでいた。でも、由紀子は胃液が逆流するのを抑えられなかった。喉元まで出かかったものを、唾液を飲み込むことで無理やり胃に戻す。

(動物、何かの動物であって)

血糊を見るのに慣れたとはいえ、それは山田一家や自分の血くらいだ。しかも山田一家が致命傷を負っても死なないため、流れた血は元の身体に戻っていく。

しかし、このおびただしい血を見る限り、その持ち主はすでに死んでいるだろう。

(死んでいる)

その現実が由紀子を逆に冷静にさせた。上がってくる胃液を何度も唾液で流し込みながら、彩香たちの元に急ぐ。

「うわ、きたねえ」

神崎が緊張感のない声で言った。

彩香はしきりに写真を撮っている。

神崎の目線の先には、黒いごみ袋があり、その周りにハエやゴキブリがたかっていた。ちゃんと密閉されているようだが、由紀子にはその中身が先ほど風呂場で見かけたものの末路だとわかった。

「ねえ、もう満足したでしょ？　そろそろ帰ろうよ」

由紀子はできるだけ動揺が表に出ないように話す。

「ええー、まだ写真撮りたいし、二階も行ってないよ」

「おっ？　なんだよ、日高。もうびびってんのか？」

どうしよう、この緊張感のない二人に由紀子は殺意すら覚える。でも由紀子が今の力でこの二人を殴ってしまったら、そのまま昇天してしまうだろうから、必死に拳を押さえる。

（ごみ袋の中身知ってたら、びびりくらいするよ）

大量の血糊の主が人間である可能性は高い。しかも一人二人とは限らない。風呂場に動物の毛らしきものはなかった。たとえ、動物のものであろうと、こんな廃屋《はいおく》で解体するような奴が正気のはずがない。

血糊は乾いていたが、匂いはまだ新しかった。最近のものだろう。

幸い、殺人鬼らしい人物は廃屋内にはいないらしい。帰ってくる前に早く消えたほうが身のためだ。

（袋の中身を教えてやろうか？）

由紀子は、そんなことを考えては打ち消す。心臓が早鐘を打ち、震える声を抑えるので精いっぱいだというのに、この二人に話したらどんな反応が返ってくるかわからない。

（仕方ない）

「ちょっと待ってて」

由紀子はおぶっていた山田を下ろし、そう言って台所を出る。

そして、居間に着くと二階に続く階段を見上げる。デザイナーズ物件というのだろうか。見た目重視で機能性が低い金属製のらせん階段で、ところどころ錆《さ》びついていた。上るのは可能だが、かなり危ない。

由紀子は階段の手すりを両手で持つ。足を踏ん張り、両手に力を入れる。両腕の筋肉が盛り上がり、手の甲に血管が浮かび上がる。みしみしと、骨のきしむ音がする。

（いける！）

由紀子は金属製の手すりを歪《ゆが》ませながら、らせん階段を中心の柱から引きはがした。反動で、建物が揺れ、天井から埃《ほこり》が落ちてくる。

（金属のちぎれる音って、こんな音なんだ）

由紀子は錆びついた手すりを投げ捨てると、大きく深呼吸をした。

「一体何の音？」

駆け付けた三人に、できるだけ平静を装った顔をする。

「二階は無理だよ。ほら」

今しがた壊したばかりの階段を見せると、彩香と神崎は残念そうな顔をする。山田だけは、いつもどおりにこにこと笑って、由紀子の背後から体をかぶせてきた。

「……あっ、うん。そうだね」

由紀子は呆《あき》れながらまたおんぶしようとすると、山田はさえぎって耳元でささやく。

「誰かいるみたい。逃げたほうがいい」

「!?」

山田の発言に動揺して由紀子は振り返ろうとするが、山田は彼女の顔をそっと手のひらで押さえて、言葉を続ける。

「防音室っていうのかな？　音楽室みたいな壁。今の音で、その中にいた奴が気づいたみたい」

由紀子は全身の血が凍るような気がした。

人がいるらしき音がしないからと、誰もいないと決めつけていたのだ。

元は音楽家の家であれば、たとえ郊外であっても防音室くらいあると考えるべきだった。迂闊《うかつ》だった。

「気にすることはないよ。君の行動は、その年齢では十分すぎる対応だった」

（あれ？）

由紀子は、山田の話し方に違和感を持つ。顔を押さえる山田の手を離して振り返ると、山田は猫のような目をしていた。以前見たときと同じ獣の目。赤みがかった金色に輝き、普段とは違う高い知性を感じさせる。

「奴が近づいてくる」

由紀子の耳にも、廊下の腐った床を踏む音が聞こえてきた。みしっ、みしっと、ゆっくり着実に由紀子たちの元に近づいてくる。

ぐるぐると回る頭の中で、ホラー映画のホッケーマスクを着けた殺人鬼を思い出した。

（殺される？）

ネガティブな感情に頭の中が支配される。血の気が失せ、喉が渇《かわ》き、身体から汗が噴き出してくる。

混乱する由紀子を正気に戻したのは、彼女をぺちりと叩《たた》いた山田の手のひらだった。

「なにをすべきか、君にはわかるだろ？　僕らはともかく、彼らはもろいんだよ」

由紀子は、目を見開いた。山田の様子が変だが、今はそれどころじゃない。なにより、彩香と神崎を安全な場所に逃がすのが先決だった。

「彩香ちゃん、神崎。帰るよ」

「えっ？　ちょっ、ちょっと、由紀ちゃん」

「いきなりなんだよ」

由紀子は、彩香と神崎の手をつかみ、そのまま庭に出ようとする。

「まだ、一階で見てない場所あるよ？」

「そんなのいいの。早く行かなきゃ」

どんどん足音が近づいてくる。由紀子の耳には嫌ってほど聞こえてくるのに、彩香たちにはわからないようだ。

山田は、いつの間にか廊下に続く扉の前にバリケードを作っていた。チェストやテーブルを積み上げていく。

「なにやってんだ、山田？」

「殺人鬼対策」

と、山田が笑顔で言ったと同時に、ガチャガチャとドアノブが動く。

「さ、殺人鬼⁉」

「冗談だろ？　だ、誰かいるのか？」

動くドアノブに恐怖しながら、二人が言ったが、冗談でないことはすぐわかった。

ドアノブの動きが止まるとともに、扉に斧《おの》が突き刺さったらしく、斧の刃が扉のこちら側に突き出た。みしりと音を立てて扉から抜かれると、また斧が突き刺さる。

絹を裂くような声というのだろうか、彩香が耳の痛くなるような叫び声をあげるのと同時に、由紀子は彩香と神崎の腰に手を回し、横抱きにする。足でガラスをけ破ると、そのまま、隣接した庭に飛び出した。

「山田くん！」

由紀子は、簡易バリケードを押さえる山田に声をかける。

「僕は大丈夫。多少のことじゃ死なないのはわかってるでしょ？」

いつもどおりの笑顔を見せる山田。

「それに、慣れているから」

由紀子は唇を噛《か》むと、

「すぐ誰か呼ぶから」

「うん。できるだけ早くお願い。こういうときはなんて言うんだっけ？」

山田少年は一瞬考え込むと、

「そうだ。『俺を置いて、先に行け！』だね」

と、呑気《のんき》な声をかける。

由紀子は呆《あき》れながら、

「お言葉に甘えるけど、それ死亡フラグだから」

由紀子は二人を抱えたまま、安全な場所へと走った。

山田少年は、片手でチェストを押さえながら、余った手で由紀子たちに手を振っていた。


由紀子は、全力疾走で道路沿いに出た。

抱えられていた二人は走ってもいないのに、息を荒くしている。

由紀子はスマホを取り出す。寂れたバス停沿いはたまにしか車は通らない。

まだ動揺している二人に、由紀子はアドレス帳を見せる。

「彩香ちゃんと神崎くんはそれぞれ、この番号にかけて。それから警察にもお願い！」

山田姉と山田兄、山田家自宅の番号が登録されている。

「わ、わかった」

「お、おう」

（警察が先のほうがいい？　ああ、もうどうでもいい）

由紀子は何をすべきか、混乱しつつ選択する。最善は無理でも、少しでもまともな行動をしなくては。

「私、山田くん見てくるから。二人はここで待ってて」

由紀子が向かおうとすると、神崎が由紀子の手首を掴《つか》む。

「お、おい！　日高が行くなら俺も行くぞ！」

「由紀ちゃん、私も……」

二人は怯《おび》えた目をしながらも、そんなことを言った。電話はまだつながらず、プルルと音を出している。

麗《うるわ》しい友情であるが、正直、おとなしくここで待っていてもらいたい。迷惑だ。由紀子と違って、二人は一回死んだらそれで終わりなのだから。

「彩香ちゃんの百メートル走のタイムは十七秒だったよね」

「うん」

「神崎くんは？」

「俺は十三秒台」

少し得意げに言う神崎。

「私、こう見えて八秒台なんだ。だから、私が行くね。誰か来てくれたら、場所を教えてあげて。ってか、動いたらわかんなくなっちゃうから」

と、由紀子は走って行った。

「そんなタイム、人間じゃねえだろ！」

と、神崎が叫んだようだが気にしない。

(だって人間じゃないもの)

由紀子は廃屋《はいおく》に向かって全力疾走した。


戻ってきた廃屋の中は惨憺《さんたん》たる有様だった。

由紀子は思わず口を押さえ、声が漏れないようにした。瞳孔《どうこう》が開き、目が乾く。

血の匂いであふれていた。床が真っ赤に染まり、錆《さび》の臭いを空気中に飛散させている。

山田は床に転がっていた。四肢を切断され、心臓に鉈《なた》を突き立てられていた。鉈が心臓を押し潰して床に張りつけている。血が上手く循環しないため、再生が遅いようだ。

琥珀《こはく》のような目は焦点が合っておらず、ぼんやりと天井を眺めていた。

扉を壊すのに使われた斧《おの》は、壁に突き刺さったままである。

(生きているけど)

部屋の隅には、汚れた男がいた。裾の破れたトレンチコートを着た男。以前、駅前で由紀子を襲った食人鬼にそっくりだが、体格は一回り大きい。

床に座り込み、なにかを貪《むさぼ》り食っている。

男は飢えていた。由紀子の存在に気付かないくらいに。

由紀子は今にも壊れそうなくらい早鐘を打つ心臓を押さえこみ、男に気付かれないように山田のもとに近づく。

由紀子は顔を歪《ゆが》めながら山田の前に立つと、血で汚れた薄汚い鉈を掴《つか》んで力を入れて引き抜こうとする。

「……だ、……め」

かすれる声で山田が言った。心臓どころか肺もつぶれているらしく、うまく声が出せないようだ。

「はやく、……逃げて」

「あんたも逃げるの」

山田はいつもどおり笑いながら、首を振る。

「だって、……僕が食べられる間は、時間が稼げるでしょ」

(食べられる?)

由紀子は聞き間違いかと思ったが、確かに山田はそう言った。

「あいつは食人鬼だから」

(食人鬼?)

そっと由紀子は、貪《むさぼ》る男の姿を確認する。何を貪っているのか、掴《つか》んでいるのは人の足の形に見えた。

山田の四肢はバラバラにされ、床に落ちていた。その中で右足が足りない。今、まさに食人鬼は、切断した山田の足を食らっていた。

殺人鬼ではなく食人鬼。

風呂場で解体したものは食事のためで、ごみ袋の中身は食べ残しということか。

由紀子は、山田に突き刺さった鉈《なた》を引き抜けない自分を嫌悪した。

恐怖が全身を巡り、震えが止まらない。

山田の言うとおり、山田をおとりにさっさと逃げるか、それとも、鉈を引き抜き、山田とともに逃げるか、天秤《てんびん》にかける自分がいた。

その思考は、どれくらい続いたかわからない。

「餓えを満たすために、……なんでも食べる。そういう生き物なんだよ。哀《あわ》れで悲しい奴なんだ」

山田の言葉を聞いて、由紀子は無性に腹が立った。

小学生だって食物連鎖《しょくもつれんさ》というものは知っている。ただ殺すだけでなく食べて糧《かて》にする。けれど、野生動物だってわかっている。ただで食われるわけにはいかない。何かしら抵抗するのに。

「っざけんな」

由紀子は山田の心臓に突き刺さった鉈をぎゅっと引き抜いた。右手は筋肉が膨張し筋張っている。

「勝手に死なないで！　こっちが迷惑」

由紀子は鉈をぎゅっと握りなおすと、食人鬼に振りかぶった。鉈は血糊《ちのり》でベタベタ、切れ味はないに等しい。でも、由紀子は不死者だ。ただの小学六年生じゃない、

（ためらうな）

由紀子は死にたくない、食べられたくない。食べられるくらいなら、相手を殺す。キリンだって、食べられるくらいならライオンを蹴り殺すのだ。

ひたすら貪り食う食人鬼の首に鉈を振り下ろす。ゴッと鈍い感触。ためらいなく振り下ろしたつもりだが、切り落とせない。もう一度鉈を振り上げ、振り下ろす。

人間ならば即死だろうに、食人鬼は貪るのをやめずひたすら食らい続ける。もう正気で

はなく痛みすらないようだ。やはり人間とは違う、まったく違う生き物なのだ。

ゴッと、由紀子は手ごたえを感じた。

「こ、これだけやれば」

食人鬼の頸椎《けいつい》がむき出しになっている。丸太のようだ。首を半分切られた状態で生きていけるわけがない。

由紀子は鉈《なた》を投げ捨てると、山田を見た。

山田は心臓を潰していた鉈が取り払われたことで、いつもより遅いが、手足の再生が始まっていた。ただ、右足だけは再生しない。

『特に食べられることだけは避けたいの』

山田姉の言葉を思い出す。

「ど、どうしよう？」

由紀子は山田の足が再生しないことに慌てる。担いで持って帰れば、山田姉たちがなんとかしてくれるだろうかと思っていると、山田がパクパクと口を動かす。

「……げて」

肺が再生中なので声が聞こえにくい。

「や、山田くん」

「に……げ……」

由紀子は、山田が何を言ったか聞き取れなかった。次の瞬間ふっとばされたからだ。壁に打ち付けられ、顔を上げると、そこには恐ろしい様相の男がいた。首が異様にねじ曲がった男。由紀子が先ほど殺したはずの食人鬼。その首の断面は、うねうねと触手のようなものが伸び、首と首の断面をつないでいる。

（なんで……）

なんで再生しているのか。

殺人鬼は、ターゲットを由紀子に変えた。

垢《あか》と汗にまみれた身体は、近くにいるだけで鼻が曲がりそうになる。伸ばしっぱなしの髪と髭《ひげ》、やたら長い眉毛に覆われた顔には大きな鼻と血走った目。そして涎《よだれ》の伝う乱杭歯《らんぐいば》がのぞいていた。節くれだった手には血管が浮いており、ひび割れた爪の垢は赤黒い血の色をしていた。

駅近の裏路地にいた化け物とそっくり。

絵物語で見た、鬼という存在がそこにいた。

（食人鬼も鬼に違いないね）

由紀子の視野はなぜか白黒に見えた。そのうえなにもかもゆっくり動いているようだ。

山田が由紀子を助けようとしているが、片足がない上、再生途中なので転んでしまった。

（ああ。さっさと逃げていればよかった）

由紀子がそんなことを思っていると、右腕を鬼に掴《つか》まれた。そして由紀子の右手を口元まで持っていくと、そのまま大きく口を開けてかじりついた。

咀嚼音《そしゃくおん》がする。

不思議と痛みはなかった。

ただ、自分が食べられているさまを由紀子は観察していた。

「やめろ!」

鬼の身体になにかが当たる。山田の体当たりで、鬼はよろけて床に這《は》いつくばった。

まだ、腕がまともに再生していない状態、しかもかろうじて生えた片足でなんとか山田が立ちはだかる。切り取られた四肢の痕は、筋線維が再生して薄皮を作っている最中だった。

「僕だけ食べればいいだろ? 僕のほうがおいしいよ」

(なんか。某菓子パンヒーローみたいだ)

緊張感のないことを考えてしまう由紀子。右手の指は、親指を残してすべて食べられていた。なにごともなかったかのように見ている自分が怖い。

山田の言葉に、倒れた男は長い舌をだらんと下げる。

『おまえら、不死者』

二重に響く声が聞こえる。

食人鬼は山田と由紀子を見比べる。

『不死者の再生力と、不死者の血肉の味。いいなあ。おまえら』

羨望の眼差《まなざ》しで由紀子たちを見る。

『なんで、俺が呪われて、おまえらは祝福されてんだよ』

汚れた手が伸びてくる。山田は由紀子をかばうように立っている。

『だから、おまえらの血肉をわけてくれよ』

（こいつが食人鬼なら）

由紀子はポケットに入れた匂い袋を投げつけた。

『!?』

食人鬼は匂い袋を避けた。グルルグルルッと獣のようなうめき声をあげ、乱杭歯《らんぐいば》の間から涎《よだれ》がだらだらと伝っていく。

山田姉から貰《もら》った食人鬼除《よ》けの匂い袋。多少効力があるみたいだ。

『ご、ごのやろう』

（な、何？）

食人鬼は逆上したように、由紀子たちに大きく手を振り上げた。

だが、掴みかかろうとする手は、二人には届かなかった。

なにが起こったのかわからなかった。

一瞬で、食人鬼は真っ二つになった。

切り離された上半身は、吹き飛んで壁に打ち付けられた。そしていびつな頭を赤いヒールがぐしゃっと踏みつぶす。

「危なかったわ」

その後ろには、巻き髪のゴージャス美人こと山田姉が立っていた。

お洒落《しゃれ》な服にハイヒールを履いたその姿には不似合いな、大きな斧《おの》が携《たずさ》えられていた。

（バトルアックス？）

兄がよくやっているゲームの武器の名前を思い出す。山田姉の身長の半分はあるそれは、鬼を一刀両断したものだった。

「……大丈夫、だった？」

山田姉はすぐさま質問を間違えたとわかった。

「だ、大丈夫なわけないです……」

山田少年は右足を、由紀子は右手を食われた。バラバラに切断されても再生する肉体だが、食べられてしまった欠損だけは治らない。

山田姉の目が赤く獣のように輝く。

「ふざけてるとしか言えないわね。お父様たちが出向いたと思ったら、こんなところにいるなんて」

山田姉は、乱暴に鬼の髪を掴《つか》むと、半分になった身体を持ち上げた。その内臓はだらりと垂れ、蠢《うごめ》いている。落ちた下半身もびくびくと痙攣《けいれん》している。

（再生しようとしている）

しかし、その動きは由紀子が知っている不死者の再生速度とは比べ物にならないくらい遅かった。そして、鬼の顔には滝のように汗が流れていた。

不死者ではなく食人鬼で、でも少なからず再生能力がある。一体、なんなのだろう、と由紀子は思う。

「こちらですか？　オリガ様」

いつのまに現れたのだろうか、黒服の男たちが寝袋のようなものを持って立っていた。

山田姉は、業務事項を片付けるように寝袋を受け取り、それに男の上半身を突っ込む。下半身は黒服の男が違う寝袋に突っ込む。なにやら注射みたいなものを打ってから、厳重に拘束した。

一仕事終えた山田姉は、由紀子たちの元に来た。

「由紀ちゃん、その手」

「……かじられました」

（これじゃ、筆記用具が持てないな）

なぜだろう、いつもより再生速度が遅い気がする。唾液がこびりついている気がして気持ち悪い、早く手を洗いたい。というか、じかに洗って大丈夫だろうか。

山田姉は悲痛な顔で由紀子の手を取って、ハンカチを取りだして優しく包む。

「もったいないですよ」

「もったいないなくないわ」

手触りからするとシルクだろうか。きれいな刺繍《ししゅう》も入っているのに、血で染めるのは本当にもったいない。シミになって、もう使えなくなる。

「あの……、友だちがいたと思ったんですけど」

由紀子は、彩香たちのことを聞く。どうして山田を連れてこの場所にやってきたのか、どう説明しようかと由紀子は戸惑う。

「ええ。電話に出られなくてごめんなさい。二人のことなら、ちゃんと家に送り届けたわ。反省してたわよ。『私が悪いんです』『俺が悪いんです』って」

由紀子はほっと息を吐く。

山田は再生で疲れているらしく、床に寝そべっていた。黒服の男に差し出されたバターを寝ながら食べている。

黒服の男は、由紀子にもすすめたが、丁重にお断りした。すると、「ですよね」と、チョコレートをくれた。かじるといくらか疲れが取れた気がする。けれど、指は再生しない。

バターはやはり、山田姉の指示のようだ。

「あの、食人鬼はどうなるんですか？」

由紀子は、あの二等分にされた男のことを山田姉に聞く。

「あれは、しかるべきところで処分されるわ。このまま滅してもよかったんだけど」

山田姉は、黒服の男たちを見る。少しだけ煩《わずら》わしげに見えた。

「由紀ちゃんには悪いんだけど、指の再生は遅くなるわ」

「どうしてですか？」

（宿題ができない）

由紀子は、至極真面目にそんなことを考えた。

「由紀ちゃんは自分の血肉を与えるのではなく、食人鬼に奪われた。説明するのは難しいんだけど、その場合、奪われた部分は再生しないのよ」

「それって……」

これから右手が使えなくなると困る。お母さんたちにどう説明しようか困る。

「それに、由紀ちゃんは手として分化した細胞がかじり取られてなくなっちゃったので、再生しないの。でも大丈夫、それについては考えがあるから。とりあえず今からうちに来てくれれば、明日にはなんとかするわ。今日は泊まるって由紀ちゃんの家には伝えとく。明日は日曜だし」

「……はい」

（正直、抵抗あるんですけど）

彩香の家にもお泊りしたことないのに、と由紀子は思った。

（それにしても）

由紀子は凄惨《せいさん》な廃屋《はいおく》を見回す。

壊した二階への階段、斧《おの》で破られた扉、山田と由紀子の血痕に、食人鬼が真っ二つにされた血しぶき。

他にお風呂場や台所には食人鬼が食べた人たちの遺体がある。到底、不死者になる以前の由紀子なら発狂しかねない状況だっただろう。

「すみません」

「どうしたの？」

由紀子はそっと運び出される黒いごみ袋を見る。

「彩香ちゃんたち、ええっと友だち二人には、ここに食人鬼がいたことは秘密にしていただけませんか？　無理かもしれませんけど」

これだけ大掛かりな事件ならニュースになるかもしれない。でも、あの陽気な二人のトラウマになることは避けたかった。

「……わかったわ」

「ありがとうございます」

「どうせ明日のニュースでは、変質者の立てこもりってタイトルにでもなっているだろうし」

（違うニュースになっている？）

由紀子の疑問を読み取ったのか、山田姉は悲しそうに笑う。

「食人鬼関連の事件を公にすると、政治上難しくなるの。知る権利を優先させた結果、人間と人外《じんがい》が対立を深めて何度もひどい目に遭ったのよ」

隠ぺいは良いことではないが、山田姉の言うことはわかる。

それでこそ食人鬼による被害者や、被害者の身内にとっては許しがたいことだろう。

由紀子は自分の落ち着いた感情に驚く。

人間だった頃はもっと感情的にぶつかっていたはずだろう。

（不死者になったんだな）

由紀子は大きく息を吐き、廃屋《はいおく》をあとにした。

12　赤身丼、再び

山田家に到着すると、由紀子は風呂を勧められた。他人の家だが、断れるほどまともな格好ではない。おとなしく従う。

（片手が使えないって不便）

由紀子は風呂に入り、服を着替えた。山田姉の見立てだろうか、フリルの多い服である。

山田と山田姉をのぞく家族は皆留守で、夕食は出前をとった。山田姉のはからいでピザや寿司といった素手で食べられるものばかりだった。

用意された寝室は、以前、山田父の赤身丼を食べたときの部屋だった。あらためて見ると、本当にホテルみたいな立派な造りだ。

（いろいろありすぎた）

一日にあったことをぼんやりと考えていると、ノックの音が聞こえる。

「どうぞ」

ドアを開けると、山田がいた。右足はまだ再生しておらず、松葉杖《まつばづえ》をついている。

「入っていい？」

「どうぞ」

寝間着だったら断っただろうが、まだ由紀子は着替えていなかったので招き入れる。山田姉チョイスの寝間着はネグリジェなので、ちょっと着るのが恥ずかしいのだ。

「何の用？」

由紀子がたずねると、山田は大きく手を広げた。

「抱擁《ハグ》する？」

彼はいつもどおり、ほんわかした笑顔を見せながら言った。

由紀子は、一瞬ぽかんとなったが、ふと笑みがこぼれた。ついでに、涙腺がゆるみはじめた。

先ほどまで、人間じゃなくなって麻痺《まひ》していたと思っていた感情が、ぐるぐると渦巻き始める。

「ちょっとだけ」

由紀子は山田の胸に額をつけると、嗚咽《おえつ》をもらした。とめどなく流れる涙は、くっついた彼のシャツにしみこんでいく。

由紀子は、どのあたりから感情が麻痺していたのだろう。押さえ込まれていたものが堰《せき》を切ってあふれ出していく。

由紀子の涙が枯れるまで、声が枯れるまで、山田は何をすることもなく、なすがままになっていた。こけないように片足で踏ん張ってくれている。いつも抱っこしているクマのぬいぐるみみたいだった。

ようやく落ち着いた由紀子は、山田に回していた手をゆるめた。

「……ありがとう」

由紀子が落ち着いたのを確認すると、彼は屈託ない笑みを浮かべる。

「ついでに、一緒に寝る？」

調子づいた声に、由紀子は思わず山田の背中に回した手にそのまま力をこめ、締めあげていく。

ぼきぼきと何かが砕ける音が部屋中に響いた。

山田父たちが帰ってきたのは、翌日の正午のことだった。

底抜けにドジッ子で天然な部分はあるが、山田父こと不死王は、人間離れした冷たい美貌を持つ男である。無表情のまま帰宅する姿を見ると、由紀子も背筋がぞくりと震えた。

後ろからついてくる山田母や兄たちも、どこか暗い顔をしている。

エントランスに立ち止まる美形一家の憂いを含んだ表情は、中世ヨーロッパの貴族や王族の肖像画を思い出させた。

「塩梅《あんばい》はどうでした？」

山田姉が山田父に訊ねる。

「孫が一体、それと半吸血鬼《ダンピール》が一人」

恭太郎が、山田父にかわって答える。

「それより、そちらも孫だったんだろ？」

「ええ、それで」

由紀子はぺこりとお辞儀をして、山田一家の前に出る。山田本人は居間で、テレビの特撮番組を真剣に見ている。

由紀子の右手に巻かれた包帯を見て、山田父は見たこともない冷たい顔をした。

由紀子は、電流が全身を駆け抜けたかのような感覚を覚え、全身に鳥肌が立つ。

だが、それも一瞬のことで、山田父は端正な眉を下げると、

「痛くなかった？」

と、子どもにたずねるように由紀子に視線を合わせた。たしかに、由紀子は子どもだが、まるで幼児が転んで擦《す》りむいたときの親の態度のようで、どうにも居心地が悪かった。

「痛みはないんですけど、不便です」

由紀子は、正直に答える。

「そうだよね。これじゃジャンケンできないよね」

（いや、できなくてもいいけど）

由紀子は、心の中でつっこむ。

「早く再生させないとね。よし。ママ、準備はいいかい？」

山田父が、山田母に声をかける。

「ええ。いいわよ、パパ」

山田母はふんわりしたスカートをしゅたっと上げる。そして太腿《ふともも》に固定されたホルダーから出刃包丁《でばぼうちょう》を取り出すと構えた。

山田父は上着を脱ぎ、引き締まった上半身をあらわにしている。

（えっ、ちょっとやめて！）

やる気満々の両親を、山田兄たちが取り押さえていた。

「せめて台所でやれ！」

恭太郎のそんな言葉に、由紀子は食べるのは決まったことなんだ、と肩を落とした。


食卓に並べられた赤身の肉。

今日は、レバ刺しやユッケも用意されている。昔は店でよく出されていたメニューらしいが、食中毒関連で出せなくなったものだ。あいにく、このお肉に関しては食中毒の心配は一切ない。

「どうしても、食べなくてはいけませんか？」

由紀子は、目の前に置かれた新鮮取れたてお肉に目を細める。赤身は甘い刺身醤油《さしみじょうゆ》、レバ刺しには薬味にねぎ、ごま油と味塩が添えられている。ユッケはご丁寧に卵黄がちょんと乗っていて、りんごの細切りもあった。大変おいしそうな盛り付け具合だ。

横に座る山田は気にせずパクパク食べている。

由紀子とて、何も知らなければ、意気揚々と食べていただろうに。

山田姉は、申し訳なさそうに頷《うなず》く。

「残念だけど、これしかないわ」

目の前で解体が行われなかっただけましだが、その生産者こと山田夫婦がにこにこと由紀子の顔をのぞきこんでいる。なんというか、初めて手作りお菓子を彼氏に食べてもらう女子高生のような顔だ。

「ふふふ、ここ最近、飼料にはこだわってみました」

(飼料とか言ってるし)

貝殻砕いたのばかり食べさせられたことだろうな、と由紀子は推測。

「おじさん、がんばったよ」

(がんばらなくていいし)

期待と不安が入り混じるバレンタインデーの少年少女のような表情をする山田父。

天然夫婦が見つめる中、由紀子の箸はなかなか動かない。

なんの拷問だろうか。

「あら？　左手じゃ食べにくいなら、あーんする？」

砂糖菓子みたいな山田母が、気を利かして箸の他にフォークを用意してくれた。

「生より加熱したほうがいいかな。それとも、おじさん美味しくなさそうかな？　もしそうなら、改善するから悪いところを教えてほしいのだ」

少し落ち込んだ顔をする山田父。山田父も父なりに、食材としての誇りがあるらしい。他の誇りを持てばいいのに。

由紀子は、深くため息をつくと、ようやく意を決し、レバーにフォークを突き立てた。

正直言おう。

臭みがなく、弾力があってなおかつ歯切れがいい。かみしめるほどにうま味が広がる。一口食べるともう一口、すぐさま欲しくなる、癖になる味。

「あー、もう。そんなにじろじろ見てたら、食べられないでしょ。行くわよ」

山田姉が、両親の襟首を掴《つか》んで連れていく。ずりずりと引きずられながら手を振る山田夫妻。

山田父は美味い。

半泣きになりながら、由紀子はごくりと嚥下《えんげ》した。

山田父の肉を食べてしばらくしないうちに、由紀子の右手は再生し始めた。

(にょきにょき生えるんだな)

由紀子は元に戻った指を動かす。自分で見ていて気持ち悪いくらい、にょきにょき生えてきた。山田の右足も生えそろっているだろう。

由紀子の指が完全に生え終わったところで、山田兄は調べたいことがあるからと、屋敷内の小ホールへと案内した。シャンデリアがぶら下がっているこの部屋は、何の用途なのか不思議である。絨毯《じゅうたん》が敷き詰められたその部屋には、大きな円卓が一つ置かれていて、その周りに椅子が六つ並んでいる。

山田兄は、その一つに由紀子を座らせる。

「では、これを掴《つか》んでください」

山田兄が握力計を二つ由紀子に渡す。

「不死者化する前に出していた力加減でやってください。二つ同時にお願いします」

由紀子は、こんなものかな、と力を入れる。たしか握力は両方二十三くらいだったと思う。

山田兄に握力計を返す。山田兄は、眼鏡を押し上げつつ数値を確認した。

「左手は二十八。同世代の同性と比べると少し強いですが、標準範囲内ですね。見事に調整できています。問題は――」

山田兄は、由紀子に右手側の握力計を見せる。由紀子は目をこすった。

「……針、振り切れてませんか？」

「ええ、百までしか測れませんから。指を再生したことで、前の感覚を忘れてしまったようですね」

不死者にはさほど珍しいことでもないが、これは地味に面倒なのだ。由紀子とてたまに山田を吹っ飛ばしてしまう。山田だから冗談で済むが、彩香にやろうものなら即死しかねない。

「父もよく握手して、相手の手を潰してますから」

「それは迷惑ですね」

由紀子は、思わず本音がもれる。お相手は災難だろう。

山田兄はテーブルに錠剤の入った瓶を置く。

「なんですか？　これは」

「不死者の皮膚感覚器官を一時的に鋭敏にし、一般人並みにする薬です。痛みが伴えば、力は自然と抑制されますので。我々は、個体差はあるものの、痛みに対して鈍感になる性質がありますから」

たしか、その説明は前にも聞いた。

（右手が生えてきたばかりで、痛覚が戻ってないから、力の加減も難しくなっているのか）

由紀子は納得すると、瓶を手に取る。

「一日一錠しか飲まないでください。飲みすぎると、痛みが何倍にもなります。また、感覚が戻ってきたら飲むのをやめてください」

山田兄は、言い聞かせるように由紀子に言うので、由紀子は、

「なにか副作用があるんですか?」

と、聞いた。

山田兄は、少し言いにくそうな顔をして、眼鏡を指先で押しやる。

「ええ、まあ、副作用というか。むしろ、それを目的として使っているのが現状として多いのですが。触覚は痛みの他に、いろんな、たとえば触れることによって快感といったものを引き起こす場合もあるんです」

なんだか山田兄らしくないまどろっこしい言い方だ。

「そのため、パートナーとの相互理解を深め合うときに、より有効な手段として使われるんですよ」

「スポーツか何かですか?」

由紀子は、テニスのダブルスを想像した。薬を飲んで上手くなるなら、兄に飲ませてやろうかと思う。由紀子の兄はテニス部所属だ。

「まあ、スポーツみたいなものですけど」

由紀子の釈然としない雰囲気を察してか、

「あと何年かすれば、わかることです」

と、話を打ち切った。珍しく慌てた様子の山田兄だった。

(なんだったのかな?)

由紀子は客間に戻ると、置きっぱなしにしていたスマホを見た。山田姉の見立ての服は可愛いが、機能性に乏しくポケットが付いていないのだ。

開くと、着信が二十件と通信アプリのメッセージが五件入っていた。着信一件は母からで、それ以外はすべて彩香からだった。

(心配させちゃった)

由紀子は、発信をタップして友人が出るのを待った。

○●○

「なに、疲れた顔してるの?」

姉のオリガの言葉に、アヒムは肩を下げる。

「いえ。性教育は何歳から始めたらいいのかと、思いまして」

「はあ? 何言ってんのよ、気持ち悪い」

弟の苦労も知らず、オリガはミルクたっぷりの紅茶をシュガースティックでかき混ぜている。ついでにバターの塊《かたまり》を突っ込む。

アヒムも母が入れた紅茶に、たっぷりのはちみつを入れる。隠し味にオリーブオイルは忘れない。

「ところで、姉さんのほうはどうだったんですか？　簡単にしか報告を受けてないけど」

アヒムの言葉に、オリガは首を振る。

「単なる使い捨ての孫よ。呪いのことは知ってたみたいだけど、あれじゃ、親がどこにいるかなんてわからないみたい」

「そうですか、こちらも同じようなものですけど」

ただ、と、アヒムは続ける。

「半吸血鬼《ダンピール》の言っていたことが気になって」

「何か言っていたの？」

カップをつかみ、オリガは紅茶という名目のバター茶を口に含む。

「人魚を襲ったのは半吸血鬼です。遺体の処理は、食人鬼にまかせたようです」

「人魚の肉を信じているなんて、夢見がちなこと」

半吸血鬼はその半端な属性から、不老不死という言葉に弱い。不死者の血肉を求めて襲ってくることが多い。山田家が不死者ということを隠さずに行動するのも、そんな半端者の注目を引きつけるためでもある。

「いや、そうでもありませんよ」

アヒムはテーブルの端に置いてあるタブレットを引き寄せて起動する。以前一姫が見せた事件の記事を集めていた。ディスプレイを指先で拡大し、事件の詳細を見せる。

「一姫は黙っていましたが、被害者は一姫の娘にあたります」

「……なるほど」

オリガは、アヒムの言っている意味がわかった。

人魚の肉が不死の妙薬などというのはガセだ。人魚の肉は、その神秘性をもう何百年も前に失っている。

「一姫の娘というと、僕らの姪孫《てっそん》に当たりますね。つまり不死者の血を継ぐ者を狙ったと考えたほうが妥当でしょう」

一姫はアヒムたちの姪《めい》であり、アヒムとオリガは叔父《おじ》と叔母《おば》なのだ。ほとんど男の生まれない人魚の血族は、種族の減少とともに、ここ数百年他種族の男と婚姻関係を結んできた。今、生き残っている人魚たちは、皮膚に鱗《うろこ》が残る多少長生きな人間にすぎない。

「私たちの血脈のことを知っている者たちね」

「ええ」

アヒムは甘い紅茶を口に含むと、中庭で昼寝をする父と不死男を見た。幸せな姿そのものだった。

○●○

右手が再生したので、由紀子は家に帰ることにした。彩香の電話は長く、三十分以上続いたので困った。由紀子の心配ばかりして涙ぐんでいたので、今後はわざわざ危ない所へ行かないと信じたい。

山田姉が用意してくれた服は、前回のホテルバイキングの時と同様くれるというので少しうれしい。だが、服の趣味としては、山田兄のほうが好みだ。

「それではお邪魔しました」

山田家をあとにしようと玄関へ向かうと、若い女性がいた。ロリータな服にパンクファッション、足と手に包帯を巻きつけているのもファッションだろうか。

由紀子はこんな格好をした人を忘れるわけがなかった。

「おや？」

見た目の割に老成した声の女性。

「山田家の知り合いであったか？」

「は、はい」

女性は先日、小学校であったパンクロリ女性だった。由紀子のクラスを聞いてきたということは、山田不死男を見に来たのだろう。

「由紀ちゃん、じゃあ……。あら、一姫」

山田姉が見送りに来た。

「予定より少し早く来てしまったよ。叔母上《おばうえ》」

「うふふ、おばさん扱いはやめて」

山田姉は笑顔だが、顔が引きつっていた。

（おばさん……）

山田家は年齢不詳なので、大きな子どもがいてもおかしくない。ただ、山田兄や恭太郎が父親という感じもしないので、子どもがいる兄弟が他にもいるのだろう。

「じゃあ、お邪魔なので私はさっさと帰りますね」

「ごめんね。由紀ちゃん。こちらは日高由紀子さんよ、一姫」

山田姉が手を合わせ、ついでに紹介する。この態度から、あまり由紀子には聞かせたくない話でもするのだろう。人様のご家庭の話に由紀子は首を突っ込むつもりはないので安心してほしい。

「ふむ、由紀子というのか。覚えておく」

どことなく時代錯誤な話し方をする女性、一姫さんだ。

「フジオとは仲がいいのか？」

「クラスメイトです」

一応、命の恩人でもあるが、説明する必要もなかろう。

「そうか」

妙に物寂しげな表情になる一姫。

由紀子は靴を履き、外に出る。山田が庭で砂遊びをしていた。砂場の隅で、山田父が逆さまに埋まっているがスルーしよう。

「由紀ちゃん、帰るの？」

山田が近づいてくる。

「帰るよ。じゃあね」

「じゃあ、僕送るよ」

「いや、絶対送らないで」

山田に送ってもらうほうが、よほど面倒くさい。由紀子は彼を押しのけて門を出た。

バイバイと手を振る山田。その後ろで一姫が彼を見ていた。

どこかせつなそうな顔に見えたが、由紀子はその表情の真意はわからない。それより、家に帰って今日の晩ご飯は何かのほうが興味あった。

終　ある不死者の日常

月曜日、何事もなく由紀子は小学校に向かった。

ちょっと荒れた授業を受け、休み時間ごとにおにぎりをほおばり、昼ご飯。

反省した彩香は由紀子と山田に大量のサンドイッチをくれた。

由紀子と山田はありがたく受け取り、いつもどおり大きなお弁当を空にする。

神崎も由紀子たちに謝罪してくれた。クラスのみんなは、なんだなんだと不思議そうな顔をしていたので、人前で謝らないでほしかった。

山田姉は由紀子との約束を守ってくれた。事件は食人鬼ではなく不審者によるものとされていた。さすがに、彩香も神崎も事の大きさに話の種にしなかったので、反省しているといっていいだろう。

まったりとした日常を由紀子は噛《か》みしめる。五時間目の授業は社会だった。

先生は教科書の要所要所を黒板に書いていく。歴史の勉強で、今の授業範囲は近代だ。

近代というと、歴史上、人間と人外《じんがい》の関係が明確に記され始めた時代だ。

「非公式だが人外を人として認める文面が初めて出たのは、幕末から明治維新にかけての混沌《こんとん》とした時代で……」

先生は心なしか楽しそうに話す。好きな時代なのだろう。由紀子も志望校の過去問に人外関係のものが多いのでしっかりノートを取る。

由紀子はちらりと山田を見る。お昼を食べ終わった山田は夢うつつになって、涎《よだれ》をたらしていた。授業態度が良くないが、あとで注意する気にはならなかった。

人外に人権が与えられて百年。

人間と人外はそれなりに共存していた。

〈『不死王の息子 2』へつづく〉

ヒーロー文庫

不死王《ふしおう》の息子《むすこ》 1

日向夏《ひゅうがなつ》

2021年12月10日 第1刷発行

発行者 前田起也

発行所 株式会社 主婦の友インフォス
〒101-0052 東京都千代田区神田小川町 3-3
電話／03-6273-7850（編集）

発売元 株式会社 主婦の友社
〒141-0021
東京都品川区上大崎 3-1-1 目黒セントラルスクエア
電話／03-5280-7551（販売）

印刷所 大日本印刷株式会社

ISBN 978-4-07-450513-5